TRANS
radioativa

TRANS
radioativa

VOCÊ ME CONHECE PORQUE TEM MEDO
OU TEM MEDO PORQUE ME CONHECE?

VALÉRIA BARCELLOS

Todos os direitos reservados © 2020

É proibida qualquer forma de reprodução, transmissão ou edição do conteúdo total ou parcial desta obra em sistemas impressos e/ou digitais, para uso público ou privado, por meios mecânicos, eletrônicos, fotocopiadoras, gravações de áudio e/ou vídeo ou qualquer outro tipo de mídia, com ou sem finalidade de lucro, sem a autorização expressa da editora.

Fotografia de capa: Silas Lima
Organização e revisão: Rayanna Pereira e Diego de Oxóssi

Dados Internacionais de Catalogação na Publicação (CIP)

B242t	Barcellos, Valéria
	Transradioativa: Você me conhece porque tem medo ou tem medo porque me conhece? / Valéria Barcellos. – São Paulo, SP : Monocó Literatura LGBTQ+, 2020.
	192 p. ; 14cm x 21cm. ISBN 978-65-86174-07-6
	1. Gênero. 2. Transexualidade. 3. LGBTQ. 4. Negritude. 5. Feminismo negro. 6. Feminismo. 7. Racismo. I. Título.
	CDD 305.42
2020-2509	CDU 396

Índices para catálogo sistemático:

1. Gênero 305.42

2. Gênero 396

Elaborado por Vagner Rodolfo da Silva – CRB-8/9410

Minha esperança é para o amanhã. Poder viver num mundo de igualdade para todos. Entender que todos somos humanos e devemos tornar a nossa vida mais fácil juntos. O mundo mudou. Eu não preciso ganhar o Miss Universo, eu preciso apenas estar aqui.

- Angela Ponce

Modelo espanhola e vencedora de concurso de beleza que venceu o Miss Universo Espanha 2018. Ponce fez história em 29 de junho de 2018 como a primeira mulher abertamente transgênero a ser coroada Miss Espanha.

AGRADECIMENTOS

Eu tenho muito a agradecer, mas como acredito na gratidão diária, naturalmente o faço todos os dias as pessoas que desde sempre me ajudaram. Mas como ser grata nunca é demais, segue uma lista (breve, pero no mucho) de agradecimentos:

À Ângela Maria Barcellos da Silva, minha mãe que desde muito cedo me ensinou as primeiras letras e a importância da leitura.

A minha mãe Oxum e meu pai Xangô, por todo axé e proteção.

Meu "noivorado", Silas Lima, a pessoa que incentiva cada um dos meus passos artísticos e de vida.

Meus irmãos Ben-hur e Vanusa, meus eternos bebês que amo com todo meu coração.

Às minhas tias queridas Rose, Tânia, Valkíria e em especial à tia Elô, mulher que nunca vi igual; Tia Claudete mulher que admiro tanto, e Leni.

Aos meus tios Paulo (in memorian) que me acendeu a chama do orgulho a negritude, e Telmo que me mostrou a praia pela primeira vez.

Ao meu pai adotivo, seu José Antônio, e todo seu cuidado de vida.

À minha primeira professora, Clenir, que me despertou a vontade de ensinar e que nunca me fez esquecer dela com seu cheiro de mimiógrafo e seu poder de escrever e me ensinar as primeiras letras.

Ao Filipe Catto, te amo tanto que nem sei.

Ao Juliano Barreto, meu irmão dessa e de muitas outras vidas.

Ao Lucas Mello, irmão e companheiro de alma.

Ao Paulo Peres (Paulinho do Xangô), por me possibilitar chegar em Porto Alegre e no mundo.

À professora querida Elisete Dalsochio, que sempre ao corrigir minhas redações dizia que um dia isso viraria um livro (e a todes de Catuípe que tenho tanta saudade, Taciana minha grande amiga, Jaci, Eti, Míriam, Cláudia, Rafael, Misleine, Taiane, Mírian Maciel, Daniela)

Ao Lucas Rodrigues, meu irmão querido que comeu farinha e tomou champagne ao meu lado.

Ao Diego de Oxóssi e à Editora Arole Cultural, por ser a proponente da realização desse meu primeiro sonho.

Ao Jean Wyllys, pelo prefácio, pela amizade e pela luta!

À Elisa Lucinda, por me explicar para a vida o que é um corpo parlamentar.

Ao Marcelino Freire, que ao ouvir meu primeiro poema disse que nascia, ali, uma nova "Cecília Meirelles".

A toda a comunidade Trans/Travesti desse mundo: *nós merecemos ser e ter tudo!*

Aos meus padrinhos amigos para toda a vida: Alexandra di Calafiori e Claudio Lins.

À Taís Araújo, por inspirar a criança que catava lixo a ser tudo que ela que ela quisesse SER.

Ao Kiko Mascarenhas, por encurtar essa ponte entre mim e Taís, por me amar desde a primeira olhada e por me amar daqui até Xanadu!

A todos os músicos que já me acompanharam na vida, em especial ao Rafael Baumhardt "Erê", o índio com sobrenome alemão e coração do mundo.

Ao Silvero Pereira, por ser a ponte entre mim e o RJ.

À Vera Ardais, minha fada madrinha de Porto Alegre.

A todos os meus amigos que mesmo não sendo citados, seguem no meu coração e na minha mente: Jeffe souza (pelos três reais que mudaram a minha vida, pelo RG roubado por mim e por ser meu irmão); João Monteiro, por dividirmos o mesmo teto e as mesmas lágrimas e anseios; Luluca Luciana, gratidão por cada dia de loucura e felicidade; Márcia Machado, pelo teto que me deste e a amizade de 40 anos; Gerson Roldo por me dar o primeiro book fotográfico, trocado por show, e uma amizade da vida; Dimi Aguiar, por todas as lágrimas derramadas de alegria, amor e confissões ao som de Alcione, e pelos muitos pratos de comida na madrugada.

E a uma lista que eu espero SEMPRE aumentar: Ricardo Mineiro, Leonardo Nunes, Euller Lima, Anderson Mengue, Sil Golmann, Rodrigo Bragaglia, Adriana Deffenti, Nei Lisboa, Arlete Cunha, Shana Müller, Bagre Fagundes, Neto Fagundes, Venezianos Pub Café, Carlos Antônio Oliveira (Isaac), Três Cores, Linna Pereira (Linn da Quebrada), Katiuscia Canoro, Magô Tonhon, Rodolfo Lima, Jeff Celophane, Karla Pessoa Bianca Santos, Daniel Sapiência, Sandra Reis, Malka, Jean Melgar, João Santos, Thiaguinho Santo (Cabaré da Cecília), Thiago Alixandre (Parque da Autonomia), Balada Literária, Festipoa Literária, Diego Groisman, Jessé oliveira, Clóvis Rocha, Blog Ponto G, Coletivo Nimba, Aliança Francesa de Porto Alegre, à Oncologia do Hospital Conceição, Luiza Lisboa, Emerson Oliveira, Maria Eduarda Venturini, Lolita Bomboom, Wagner Longaray, Cristiny Nunes (Bastos), Brenda Thompson, Yaçana Makeba, Sergio Ávila, Eduardo Mognon e Carol Figueredo, Refúgius, Vitraux, Sexy Vício, After Bar Casa de Teatro, Bar do Carlão, Sauna Plataforma, Thermas Mezaninu, Glória Cristal, João Carlos Castanha, Therry Torres, Suzzy Raphaella (Suzzy B), Roberto Camargo (Beto Vitraux), Nilton Grafee Jr (Cassandra Calabouço), Heniz Lima Verde, Robertinho Camargo, Grace Giannoukas, Gisela Beuty, Selma Light, Silvetty Montilla, Milla Ribeiro, Serginho Moah, Zélia Duncan, Tonho Croco, Samba e Amor,

Nanni Medeiros, Nanni Rios, ao jornalista Roger Lerina, Mathias Pinto (Violão 7 Cordas), Cristian Sperandir (Piano), Carlinhos Carneiro, Andrea Cavalheiro, Sara Bodowsky, Antonio Villeroy, Atena Beauvoir, Charlene Voluntaire, Ilse Lampert, Dé Ribeiro, Anderson Ventura, Edu Colvara, Diego Silva, Heinoê Ferreira, Lauro Ramalho, Stella Rocha, Bel Cabral, Marcelo Schneider, João Marcelo e Tita (Teatro Geração Bugiganga), Quintal Produções, Piquet Coelho, Mestra Alexsandra Amaral, Renato Del Campão, Jairo Klein, Cátia Bomfim Mattos, Marcinho Bueno Dias, Eva e Ian Uviedo, Clara Averbuck, 50 Tons de Pretas, Negra Jaque, Glau Barros, Tati Portella, Paola Kirst, Dingo Bells, Agnes Mariá (Poetas Vivos), Glória Crystal, Glória Groove, Marcos Breda, Os Fagundes, Playmotrio, Festa Balonê, Cecé Pássaro, Fernanda Copatti, Deborah Finocchiaro, Daniel Debiagi, Gelson Oliveira, Madblush, Anaadi, Silvia Duarte, Gilberto Oliveira, Renato Borba...

E TODO MUNDO QUE ME APOIOU NESSE PERÍODO DE VIDA ATÉ AQUI E QUE ME FIZERAM TER MUITA HISTÓRIA PRA CONTAR!

Gratidão infinita!

Observação: nos próximos livros eu coloco mais nomes que certamente ficaram de fora do livro, mas que estão aqui dentro do meu coração.

SUMÁRIO

Prefácio, por Jean Willys 14

Meu nome é Valéria 18

Transradioativa 26

    Sobre como descobri a doença 28

    A primeira quimioterapia. 30

    A segunda está chegando 32

    Teu cabelinho vai cair 34

    Como vai? Como vai? Como vai? 37

    O amor em fios 39

    Segundona 41

    Uh, é terceirão! 43

    Hoje foi difícil 45

    A quarta do quarto signo 47

    A Mel foi descansar 50

    A última 52

#ValériaLêPráMim 56

    A mulher real 58

    Minha mãe 61

    Gente mascarada e doente 65

    Decidi parar de respirar 69

    Comp(r)ar(ações) 72

    Tem mais um corpo estendido no chão 78

    Sonata em Mi 82

    Lá vem o racismo 85

    Quadrado preto 89

    Deixem o FaceApp em paz 92

    Por que o protagonismo incomoda tanto? 96

    Qual amiga eu sou pra ti? 100

    Negra é 103

    O racista parece um zumbi faminto 105

    Esta noite eu sonhei com a Taís Araújo 109

    É apenas uma piada 113

    Vamos falar sobre escolhas 123

Feliz dia dos paus 127

A santidade da semana santa 130

A inconsciente consciência 133

A pele mais bonita 135

Escurecendo a sororidade 137

Fala real, fala guiada 141

Qual a cor do teu negócio? 144

Visibilidade pra quem? 147

Professora, eu posso ir ao banheiro? 149

Isolamento é conf(or)ronto 152

A arte salva 155

Transgressão ou Trans Agressão 158

A arte é realmente transgressora? 162

Corpos trans são transgressores? 165

O que são corpos parlamentares? 170

Ensaio sobre a cebola 177

Descascando a cebola 178

A cebola transpreta camada por camada 181

As confusas camadas confusas 184

Rituais Virtuais 188

PREFÁCIO
por Jean Willys

UMA NOVA ESTAÇÃO

Encontro algum pode ser mais potente do que aquele proporcionado pela música. E foi a música que me levou até Valéria. Na planta superior de um lugar que era minha casa noturna - o clube Galeria Café, em Ipanema, Rio de Janeiro - ela reluzia como as divas dos antigos cabarés parisienses, emitindo sua voz potente numa interpretação emocionante de "Como nossos pais", de Belchior.

"Qualquer canto é menor do que a vida de qualquer pessoa", diz um dos versos daquela canção. E, sem dúvida, aquele canto (nos dois sentidos desta palavra) era muito menor do que a vida daquela mulher que se me apresentava naquela noite inesquecível. Valéria além de cantar com afinação e emoção, entretinha os presentes com um humor inteligente e profundamente irônico.

Apesar de aplaudida de pé, ela interpelava os olhares como se dissesse "as aparências não me enganam não!". Valéria sabia o quanto de racismo, homofobia e transfobia havia superado para estar ali, como uma estrela. Sabia o quanto de racismo, homofobia e transfobia ainda perdurava em muitas daquelas pessoas, mesmo que elas não tivessem consciência disso. E sabia que a guerra não estava ganha. Nunca está.

E, nessas condições, sob as luzes artificiais da noite, nós nos tornamos amigos e passamos a conhecer melhor nossas vidas para além daquele canto. Pouco tempo depois, haveria perigos em nossas esquinas, e os sinais se fecharam para nós. Ameaçado de morte e difamado de maneira sórdida pela extrema-direita homofóbica e racista, eu me vi obrigado a me exilar para seguir vivo. Valéria teria um diagnóstico de câncer que a colocaria num outro tipo de zona noturna da vida, para citar as palavras da grande Susan Sontag.

As notícias foram um choque para nossos amigos comuns. Mas algo que vi em Valéria naquela noite no Galeria me dizia que ela não ficaria no chão. A ferida viva no meu coração me dizia que sua voz - sua vida - elevar-se-ia outra vez. Sentia vir vindo, no vento, o cheiro de uma nova estação. E felizmente eu não estava enganado!

Valéria não apenas superou a doença como transformou esta dolorosa experiência neste emocionante e enriquecedor relato que você, leitor, agora tem às mãos. Prepare-se não só para saber mais sobre Valéria, mas para saber mais sobre você mesmo, pois, o que ela nos traz aqui é pura humanidade. E não considere um mero detalhe o título deste livro ser a afirmação de um nome próprio. Tudo que Valéria fez até agora e ainda fará é para afirmar seu nome para si mesma e para a história.

MEU NOME É VALÉRIA

Escrevi o texto a seguir há muito tempo (e explico isso porque, ao escrevê-lo, jamais imaginei que seria publicado). Hoje percebo esse momento, em que há muito não passava festas com minha família, como algo do passado. A doença de uma tia querida fez com que revisse meus conceitos, engolisse meus brios e tentasse, mais uma vez, estar ao lado de todos. O que vocês lerão agora é uma "apostila" que fiz para que tudo corresse bem nesse reencontro com eles.

Antes de qualquer coisa...
Me desculpem se pareço grosseira ou "militante" demais, mas meu nome é uma conquista e uma luta. Respeite-o por gentileza!

Bem, o objetivo disso é lembrar vocês do porquê estamos aqui: celebrar um ano inteiro de luta, resistência e amor. Celebrar estarmos juntos. É tão difícil quando conseguimos nos juntar assim, quase em totalidade. Sim, deveríamos fazê-lo mais! Mas nossas vidas atribuladas e outras circunstâncias nos impedem. Enfim, aproveitemos nosso dia juntos.

Vocês devem estar pensando a essa altura: *"qual o objetivo de tudo isso?"*... Explico: evitar constrangimentos, dores, mágoas e, claro, tentar sanar algumas das dúvidas básicas de vocês.

Vocês nunca se perguntaram o porquê de eu não estar mais nas reuniões de família? Nunca pararam pra pensar o quão constrangedor é pra mim ser bombardeada de perguntas, olhares e, pior ainda, ser o tempo todo tratada no masculino e pelo nome que não é mais o meu? Desde criança sendo perguntada *"pelas namoradinhas"*, o porquê desse jeito e outros questionamentos afins?

Seguem abaixo algumas perguntas e respostas que podem elucidar dúvidas - ou talvez aumentá-las. Se isso acontecer, me perguntem, estou à disposição.

Então agora eu tenho que te chamar de Valéria?

Sim! Em verdade uso esse nome há mais de 15 anos. Esse talvez seja o tempo que tenhamos convivido realmente. Então, é fácil de se acostumar: basta se esforçar e querer. Esse é meu nome e dele eu tenho orgulho e amor. Respeite-o.

Ai, mas chamo de "ele" ou "ela"?

Use sempre pronomes femininos. Sou uma mulher trans. Logo, sou mulher. Logo, pronomes femininos. Use sempre "ela", "dela". "para ela". O pronome feminino é um respeito a *mim* e meu gênero. Pra explicar melhor, a seguir tem um capítulo inteiro sobre o que é transexualidade.

Mas eu não te conheci assim, não consigo me acostumar...

Não é nem questão de costume, é respeito. Compreendo que não me conhecestes assim, e, talvez, seja difícil. Mas se esforce. Você mesmo(a), que lê isso agora, mudou muito durante a vida. Embora sejam mudanças diferentes, eu respeitei você. Não estou pedindo para assinar um documento que vai te obrigar a doar seus órgãos vitais. Só estou pedindo pra me reconhecer enquanto mulher trans e explicando que isso é respeitoso pra mim. Se você realmente gosta de mim, entenderá.

{ 21 }

Transradioativa

Mas eu não estou acostumada(o) com isso, nunca vi isso, essa história de nome social, ou civil...

Pense bem... Você já viu isso sim! Sabia que o nome da "Xuxa" é Maria da Graça? Que o nome do Silvio Santos é Senor Abravanel, que o Pelé é Edson Arantes do Nascimento, que a Anitta se chama Larissa, que Suzana Vieira se chama Sônia, Lima Duarte se chama Ariclenes Venâncio? Pois é! E você respeita o nome social deles! Nome social é o nome que a gente apresenta pra sociedade. Pense bem: somos da mesma família. Você respeita desconhecidos e não respeita alguém da sua família?

Eu não sei o que é isso nem quero saber...

Você realmente não precisa saber de tudo na vida, mas deve tratar as pessoas com respeito. Lembre-se tenho retificação de nome nos meus documentos. Logo, isso é até judicialmente errado. Se lá nos meus documentos diz "*VALÉRIA, SEXO FEMININO*", não é tua opinião magnânima que vai mudar isso. Tua atitude só mostrará que realmente eu devo continuar aqui, separada de todes.

Mas tu já tirastes o P..?

Bem, perguntas desse tipo são de uma grosseria sem tamanho, afinal o que te interessa saber como são ou o que são as genitais de qualquer pessoa? Nem eu, nem ninguém, deve ficar perguntando como é, o que

Valéria Barcellos

tem, como transa, como faz. Só, e nem mesmo assim, se tivermos muita intimidade. Evite isso!

Tá, mas o que é transexualidade?

Transexualidade refere-se à condição do indivíduo cuja identidade de gênero (*masculino ou feminino*) difere daquela designada no nascimento (*por ter pênis ou vagina*). Uma pessoa transexual pode procurar fazer a transição social para outro gênero, através do nome ou de intervenções no corpo (*com ou sem cirurgias*), podendo ser redesignação sexual ou apenas feminilização/masculinização, dependendo do gênero a ser transicionado.

A feminilização/masculinização envolve aspectos comportamentais, de vestimenta ou vestuário, biológicos e anatômicos, sendo os dois primeiros ligados meramente a questões sociais e o último ligado ao dimorfismo sexual na espécie humana (*aversão total ao gênero que foi designado ao nascer*).

Deus não permite isso...

Não há um capítulo sequer na Bíblia dizendo que Deus não aceita transexuais. Lembre-se do maior mandamento: "*amai ao próximo como a ti mesmo*". Jesus nunca falou amai ao hétero cisgênero.

> HÉTERO é a pessoa que sente atração por pessoas do gênero diferente do seu. Ex: homem que gosta de mulher e mulher que gosta de homem.

{ 23 }

> **CISGÊNERO** é o indivíduo que se identifica, em todos os aspectos, com o seu "gênero de nascença" - "cis" é uma abreviatura que significa cisgênero. Ex: uma mulher cisgênero vive como uma mulher hoje em dia e foi declarada como sendo do sexo feminino ao nascer.

No mais, se Deus tem algo contra mim, o que duvido muito, pode deixar que eu me entendo com ele. Não se preocupe, não. Ao invés disso, trate em ser uma boa pessoa e seguir aquilo que tu achas que é correto para ti. Somos da mesma família e bem sei que tu também fizeste coisas que Deus não aprovaria.

E se, sem querer, se eu errar no tratamento contigo... O que eu faço?

Se corrija, não há problema. Se esforce! Teu esforço vai me deixar feliz e tenho certeza de que a minha felicidade te faz bem! Também não precisa se desculpar a todo momento, ou evitar falar comigo. Seja paciente. Seja insistente. Queira! Ao menos eu, quero bem conviver com todes. Se ainda assim não te interessa nada disso ou tu achas que tudo isso é bobagem e não quer conviver com isso, agradeço a atenção e peço que se afaste de mim! Ninguém merece parente preconceituoso. Porém, reveja a sua vida e a história de preconceito que tu mesmo sofreste. O racismo ainda impera nesse país: hoje sou eu, amanhã pode ser você.

Valéria Barcellos

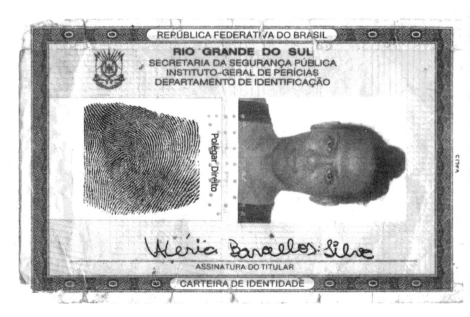

TRANS
RADIOATIVA

O câncer é uma doença silenciosa e quando começa a enviar sinais mais alarmantes pode ser tarde demais. Em verdade, muito tempo antes do diagnóstico eu já estava recebendo sinais: manchas escuras no pé, roxos parecendo batidas ou topadas, e inchações que vinham e voltavam. Veja bem, o Sarcoma de Kaposi é raro, mas não tanto assim. Comum mesmo é ver esses sinais e achar que tá tudo bem.

SOBRE COMO DESCOBRI A DOENÇA

Bem, eu estava passando por uma fase da vida alucinadamente louca de trabalho. Muitos shows e viagens. A verdade é que mesmo eu sendo artista e sagitariana – portanto um pouquinho desligada do mundo –, sei que a maioria das pessoas não se observa, se toca ou se preocupa com sutis mudanças físicas. Uma manchinha aqui, uma dorzinha acolá, nunca é motivo pra preocupação ou atenção. É claro que nem tudo na vida deve virar uma paranoia, mas observar-se e estar atenta a sinais como esses são regras básicas.

Tudo começou com uma mancha escura no pé, indolor e sem coceira. Na época, eu morava entre duas cidades – Rio de Janeiro e Porto Alegre –, então pensei ter adquirido uma daquelas micoses de praia que logo iria embora com algum antibiótico. Pensei em procurar um dermatologista, mas a preguiça de horas de espera e a nulidade total de incômodo me fizeram desistir. A mancha seguiu, eu também e, desde então, quase um ano se passou.

Os inchaços começaram a aumentar, a frequência entre eles e a duração de cada um, também. Se antes vinham a cada 3 ou 4 dias, duravam 4 ou 5 horas, agora eram diários e duravam o dia inteiro. Percebi que a lesão no pé esquerdo, que julgava ser um calo pelo uso constante do salto alto, aumentava e doía ainda mais, terminando por eclodir, abrindo e expondo uma carne dura e purulenta. Acreditem se quiser, ainda não tinha procurado o médico... Sei o que vocês estão pensando: *por quê?* Nem eu sei bem.

Muitas idas e vindas ao médico, muitos exames, até chegar ao dermatologista, fazer uma biopsia e receber o diagnóstico real: câncer. Era dia 28/08/2019.

A PRIMEIRA QUIMIOTERAPIA.

Tão logo pude, iniciei a quimioterapia.
No dia seguinte ao diagnóstico compareci nervosa ao Hospital Conceição, cheia de dúvidas e medos. Era curioso ter acompanhado tanta gente da minha família pra esse procedimento – minha mãe faleceu de câncer no pulmão em 2002; meus avós anos antes também, porém de estômago e cérebro – e agora ser eu a pessoa que estava ali, sentada. Um misto de raiva e choro vieram de súbito, por muitos motivos. Por que eu? Pra que eu? Eu? Lá estava eu.

Nesse mesmo dia mudava do apartamento da Salgado Filho, onde morava, para uma casinha em que vivo hoje, sonhada e amada, no bairro Floresta. Lindo, mas confuso, ou seja, tive de ir sozinha. Em realidade a primeira sessão deveria ter sido dia 28, mas por um erro não pude entregar em tempo hábil o exame de sangue – é exigido um hemograma antes do procedimento, feito um dia antes ou no mesmo dia.

La fui eu, em um dia ensolarado e lindo. Cheguei um pouco atrasada, mas com minha carteirinha de quimioterapia e hemograma em punho. Cada vez que a porta do atendimento se abria eu sentia um frio no estômago. Queria sair logo dali, ao mesmo tempo em queria começar de uma vez. Parece aquela sensação louca de banho no inverno, que dá agonia de entrar e vontade de não mais sair. Contei ao motorista que me levou o que faria e ele me desejou coisas boas. Num semáforo a caminho, um morador de rua me cantou, ri, não pude deixar de pensar se isso aconteceria após outras sessões quando ficasse careca. Sei que é besteira, mas foi mais forte que eu.

Fui chamada para a consulta/entrevista com mil explicações: "*toma esse remédio e esse outro aqui se der enjoo, se der afta, se sentir dor; cuidado com isso, isso e isso*". Explicações recebidas, e esquecidas, porque cheguei em casa e não lembrava a ordem das coisas. Nervosismo talvez, vamos deixar a medicação de lado.

Eu contei as cadeiras, as pessoas, olhei tudo. Queria algo que até hoje não sei o que era. Uma das enfermeiras me reconheceu e disse que já havia me visto cantar no Venezianos. A medicação entrou lenta e imperceptível pelas minhas veias. O antialérgico me fez dormir. Ouvi histórias de outras pacientes, fiquei triste por uns minutos, mas passou.

Meus dias seguintes foram normais. É bem verdade que a gente procura ligar toda e qualquer reação do corpo à quimioterapia. O que, cá entre nós, é nosso direito. Quatro dias depois tive vômito e uma canseira inexplicável. Tudo dentro da normalidade. "Se vomitar, toma anti-enjoo", "se cansar, descansa". O décimo dia foi o mais doloroso. Ainda assim o que me preocupava era o cabelo, e ele começou a cair...

A SEGUNDA ESTÁ CHEGANDO...

Que mulher louca esta: plena terça-feira de aniversário e ela tá falando da segunda. Sim, a segunda sessão de quimioterapia será na quarta-feira, 19/12/2019. Curioso pensar que faço 40 anos hoje e na quarta zero um pouco mais minha vida. Nunca imaginei estar aqui escrevendo um "blog", um "diário", ou seja lá o que quiserem chamar, sobre meu processo de cura (prefiro chamar assim) de um câncer e das sessões de quimioterapia. É louco pensar que troquei de lugar naquela cadeira: antes acompanhante, agora paciente.

Sinto ter de tocar novamente nesse assunto: o cabelo. As pessoas devem estar achando que estou dando uma super importância a isso e, na realidade, não. É louco ver a reação do meu entorno sobre isso. Parece que agora sim, sou uma pessoa realmente com câncer por estar carecando. Pra além disso, o que está me incomodando – e MUITO – é o desrespeito com meu gênero e pronomes.

Já fui chamada de *ele* em pelo menos três situações desde a queda capilar. Isso é muito estranho e dolorido pra mim. Muitas coisas passam pela minha cabeça e é impossível não pensar que um gatilho foi acionado. Durante a minha adolescência, quando ainda não fisicamente transicionada, mas mentalmente preparada embora confusa, eu era "ele" aos olhos de todxs. Dói muito, me entristece, me machuca, me fere, me invade. Mulheres trans em processo quimioterápico devem sofrer muito com isso, eu sei porque estou passando e sentindo na pele. Busco conhecer mais relatos sobre isso, pra entender a mim e a elas.

O auge de tudo isso foi quando, numa saída a um lugar qualquer, tive receio, medo mesmo de ir ao banheiro feminino e ser rechaçada. Vocês devem estar pensando que é exagero, mas só quem passa por isso, vive isso, sabe. Fiquei com medo e quase deixei de ir, quando tomei coragem e fôlego e fui, percebi outra mulher no banheiro, entrei com minha careca baixa, fiz meu xixi e saí logo falando em tom de explicação que estava fazendo quimio e que tudo era difícil. Ela me entendeu (eu acho) e se solidarizou.

Não é o cabelo. Não é o banheiro. Não é a quimio. Não é a dor. É o gatilho por lembrar de um sofrer, de quando eu nem sabia como agir e me defender. E pensar que isso ainda acontece muito hoje. Veja só, essa "guerreira", como vocês insistem em me chamar, já tá aqui há muito tempo, creio que desde 17 de dezembro de 1979. Pois brindemos a ela hoje! Feliz aniversário pra mim!

TEU CABELINHO VAI CAIR

"Teu cabelinho vai cair", foi uma das primeiras "dicas" da médica para mim. Aliás, minha médica é muito engraçada: tri sincerona e bonita pra déu. Tem uma voz forte e muito expressiva quando conversa com a gente. A gente recebe a energia que vibra, né? Ela também ressaltou o quanto minha perna estava feia: "*nossa tá feio isso, vamos logo começar essa quimio pra melhorar*". Eu ri muito! Gostei, parece uma amiga que a gente confidencia as coisas. Bem, através do meu doutor, o senhor Google, tive um fio de esperança de que isso não acontecesse, mas a médica foi enfática: "*o teu vai cair sim*". E a previsão nostradamica se fez real no dia 10/12/2019.

Estava em casa, às voltas com minhas arrumações e plantas (estou tão apaixonada pela minha casa que nem sei), quando numa passada de mão pela cabeça, essas que a gente faz tipo "charme", um tufo de cabelos me saiu à mão. Meu coração acelerou e meu noivo, que estava perto (sim tenho um noivo incrível que me apoia muito), tentou disfarçar o choque, mas creio que também se assustou.

É curioso pensar o quanto me preparei pra esse momento. O quanto me sinto forte e empoderada, e o quanto aquilo me abalou. Eu já havia cortado parte do cabelo antes da quimio, pro susto não ser tão grande e, ainda assim, foi.

Que síndrome de Sansão é essa que se apossa da gente, hein?

Fui pro banheiro e chorei copiosamente. Nem sei por qual razão, afinal eu já sabia que isso aconteceria. Vaidade boba e avassaladora que me tirou do prumo, me fez chorar. Queria registrar todo esse processo com muita alegria, mas fui fraca e desabei. Na verdade, não: fui muito forte e desabei! É preciso muita força pra desabar também.

Cada vez que pensava nisso lembrava das mulheres que tinham passado pelo hospital comigo e uma delas era Dona Sônia: mulher incrível e cheia de vontades, que se tornou uma companheira de quarto incrível! Depois Marli, uma senhora bonachona, animada e com uma vontade de viver invejável! Ambas passando pelo *quarto signo*, cheias de vida (dores e quedas de cabelo também), mas ali, fortes!

O cabelo só caiu mais durante o dia e, hoje, 11 de dezembro, a queda está ainda maior! A lixeira ao lado da mesinha do computador, onde escrevo agora, se enche de grandes tufos encaracolados e com o cheiro de cabelo limpo. Sou forte, eu sei que sou. Somos todas. "*Cabelo cresce, tu vais ficar linda, usa turbante, blá blá blá*". Meu cu pra isso!

Tenho direito de ficar raivosa e triste, preciso extravasar isso. Depois fico bem, afinal a única opção que tenho de ficar bem!

Transradioativa

Entendam: as pessoas que fazem quimio e ficam carecas não são "guerreiras", não estão em guerra nem usam suas condições como escudo da proteção e atestado de força. Parem com essas carinhas de dor e pena. Nos deem apoio, amor, força e parem de nos tratar como pessoas incapazes. Entendam nossas raivas, tristezas e dores. Tentem, ao menos. Vai ser difícil ficar careca. Difícil pra mim, mas também pra vocês, é claro, que vão me ver com o escudo de proteção e força e ainda mais forte e linda!

COMO VAI? COMO VAI? COMO VAI?

Tá, poucos entenderão a referência. Explico: o Palhaço Carequinha! Hoje foi o dia de aderir ao corte zero! Há dois dias meu cabelo caía espantosamente. Hoje passei o dia na ansiedade de tocar na minha cabeça ou não. Se tocava, um tufo gigante e agonizante de cabelos vinha entre meus dedos. Se não tocava, vez ou outra fios voavam, bailando pelo ar. Então resolvi: bora carecar logo?

A decisão de raspar a cabeça, para as mulheres, as vezes é difícil. Tá, alguns de vocês podem me dizer: "*que exagero Val, tem um monte de mulher careca por aí*". Realmente. Mas para nós, mulheres trans, há alguns símbolos que são muito significativos. Eles são quase como uma validação do feminino: o peito, o laser, o cabelo. Lembro de alguns anos atrás, quando cortei o cabelo em transição do liso para o crespo, que uma trans me disse "*onde já se viu travesti de cabelo curto?*". Também acho isso descabido, bobo e pequeno demais dentro de todo um sistema de coisas e situações que o próprio câncer nos impõe.

Fui lá! Raspei a cabeça, valente e chorona! Chorei muito! Parece que perdi algo que nem sabia que tinha. Percebi que meu medo maior era ter que ficar explicando para as pessoas que sou uma mulher trans, que sou "*ela*" e não "*ele*". Mas aí pensei: tu já não faz isso todo dia da tua vida, mulher?

Transradioativa

Então, nada muda muito. Bonita? Esse tipo de vaidade nunca me tocou muito. Nunca fui considerada, no meio trans, um exemplo de beleza. Em contrapartida, e pra minha felicidade, sempre fui sinônimo de sagacidade e inteligência. Então, nada muda muito. "*Mas o que te incomodou tanto?*", me perguntei sem entender direito. Depois de horas, entendi: lembrei da adolescência, quando sofri *bullying*. Quando apanhei por ser assim. Quando fui rejeitada das festas, dos beijos. Quando sofri abuso sexual durante quase toda a vida. Aí sim, chorei muito!

O cabelo vai crescer, minha força também.
É só uma maneira de desopilar.

Cheguei em casa careca e meus cachorrinhos nem notaram a diferença. Fizeram uma festa tal qual saí. Meu namorido só disse que estou linda. Eu? Ainda estou me acostumando. Isso é só mais uma etapa, tem muita mulher careca e foda por aí, com e sem câncer, pra provar que se cabelo fosse tão bom não nasceria no cu. Pronto, desabafei, chorei, carequei. Tal qual o Palhaço Carequinha, eu também trazia alegria numa cara de palhaça, sorrindo por fora e as vezes chorando por dentro.

Passou já! Vou repetir como um mantra isso, focando na saúde.

Termino com o restinho da frase dele: "*muito bem, muito bem, muito bem, bem, bem*".

O AMOR EM FIOS

Depois que postei em meu blog sobre o corte zero, pipocaram muitas mensagens de apoio e carinho, quase não dei conta de responder todas. Isso me chamou muito a atenção. As pessoas associam o câncer às pessoas carecas. Gente, mas e as mulheres que optaram por isso por questões estéticas?

Confesso a vocês que meu pensamento não era muito diferente. Lembrei de uma colega de teatro, lá nos inícios dos anos de 1996-97, que teve de raspar a cabeça toda por usar um produto pra alisar o cabelo e ele cair todo. Ela andava pelas ruas e as pessoas a olhavam, muito curiosas. Uma mulher de cabelo curtíssimo é coisa pra atribuir-se a rebeldia ou doença. Karina, ainda por cima, era atriz, então já viu, né? O caso é que me chamou atenção isso.

Hoje fui comprar um fogão novo. Preciso me alimentar bem e estava sem fogão desde que mudei pra casa nova - o meu velho companheiro de quase 10 anos se quebrou ao meio, literalmente, numa tentativa do meu namorido de o transportar. Percebi olhares curiosos, risos e até desdém.

Não! Estar careca não me incomoda tanto assim ao ponto de ficar envergonhada da minha cabeça de coquinho! O que me envergonha é a falta de tato das pessoas com a nossa cabeça liberta de fios!

Transradioativa

A auto estima da mulher com câncer vai muito mais além. Não é só o "*você é linda de qualquer jeito*", que nos faz sentir melhor. É um jantar/almoço/passeio com essa mulher "*linda de qualquer jeito*" que faz a diferença! Uma foto orgulhosa, um carinho, um respeito até mesmo quando decidi usar uma peruca porque não me sentia bem. Uma mulher careca só se empodera realmente recebendo poder de quem as cerca.

Essa coisa de nos chamarem de guerreiras e acharem que somos realmente, é uó! A gente luta porque precisa; eu porque preciso e amo viver. Nossa luta é por algo que nosso corpo mesmo está produzindo, é uma guerra interior, literalmente. Nos respeitem, não nos tratem com (in)diferença, não achem que ficamos burras ou surdas, inertes aos seus comentários, olhares e abraços insípidos.

Nosso cabelo caiu, mas nosso cérebro não!

Tá, eu sei, nem todo mundo é assim. Mas na minha cabeça louca que filosofa muito, quase que no automático, não pude deixar de lembrar de Ester Grossi, sua cabeleira colorida e a célebre frase dita a ela: "*ela tem cabelos coloridos, mas o importante é o que ela tem dentro da cabeça*". Não foi bem assim, mas em suma, foi isso. E é exatamente isso! Vamos focar nas boas ideias que saem de cabeças privilegiadas tal qual o "Projeto Camaleão" (https://projetocamaleao.com), um projeto de auto estima contra o câncer. Cabeleiras são lindas, carecas também e ideias são mais!

SEGUNDONA

Quinta-feira, dia 19/12/2019, passei pela minha segunda sessão de quimioterapia. Preciso dividir tudo isso. Quero e preciso dividir o sentimento que tenho a cada sessão.

Cura é a palavra. Ela se mistura com ansiedade, satisfação e até alegria, às vezes. Durante esse processo todo, muitas manifestações artísticas vão surgir. Terá show novo, textos novos, uma exposição fotográfica e até uma peça de teatro que vai falar sobre as sessões de quimioterapia, de acordo com a minha visão, experiência e vontade de mostrar tudo através de uma outra ótica.

Quero trazer um pouco o olhar das outras pessoas pra essa doença. Não o nosso olhar de quimioterápicos, afinal, nós sabemos o que estamos passando e precisamos que vocês entendam o que precisamos, para além de medicamentos e medicina. Precisamos da sensibilidade das pessoas que nos circundam e nos tratam, às vezes, como moribundos à beira da morte.

Queremos vida! Queremos viver!

Queremos abraços sinceros e apertados, olhares de carinho, de beijos, ajudar os outros.

A semana pós quimioterapia, pra mim, é sempre um carrossel de sensações: dois ou três dias de soluço, azias, tonturas e poucos vômitos. Muita sede, muito

Transradioativa

cansaço. É claro, cada um tem reação diferente, afinal são doses, composições e períodos de tratamento diferentes. Por exemplo, meu ciclo é de 21 em 21 dias, mas há pessoas que o fazem semanal, quinzenal etc. Descobri um tratamento chamado "laser terapia" que ameniza, e muito, as lesões das mucosas (mucosites), porque a gente fica cheia de aftas, sapinhos e essas coisas ruins, que nos impedem de comer com tranquilidade.

Voltando às minhas sessões: tudo me empolga. Focar na cura, e não na doença, está sendo meu refúgio. Produzir, fazer arte. Redescobri a força da palavra arte. Arte, pra mim, virou "AR" e "TE(r)" ou seja o ar que eu tenho, que eu respiro, que preciso. Vou usar de todo o meu ar pra me curar e curar quem está a minha volta, passando ou não pelo *quarto signo*.

UH, É TERCEIRÃO!

Impossível não se lembrar dos tempos do segundo grau – no meu tempo o colegial chamava assim, sorry –, quando chegávamos ao terceiro ano, certos de que logo entraríamos pra faculdade e um mundo de possibilidades se abriria. Bem, nem pra todos, né?

Creio que nunca me iludi muito com essa possibilidade quando morava em Santo Ângelo, no interior do Rio Grande do Sul. Sabia das dificuldades que teria, sem grana e com pouca possibilidade de adentrar a uma universidade particular de lá. Em 1998-99, numa primeira tentativa frustrada de morar aqui em Porto Alegre, prestei meu primeiro vestibular para jornalismo com segunda opção em teatro. Lembro que Deddy Ricardo fez vestibular comigo. Hoje ela é essa grande artista e eu, seguindo outros caminhos, também estou por aí, tentando.

Essa semana tive a terceira sessão de quimioterapia, que marcou a metade de um processo. Sim, parece rápido para quem vê de fora, mas pra mim é uma eternidade! Uma série de abnegações, reações adversas, dores e náuseas me fazem pensar as vezes que isso nunca vai acabar. Eu sei que vai. Tanto que já estamos na metade. Mas é muito dolor(ido)oso. Por razões óbvias, mas também por uma série de outros fatores do tipo: autoestima, gênero e por aí vai.

Transradioativa

Sei o quanto o cabelo é desimportante nesse processo onde, afinal, a saúde é o alvo. Mas as vezes é difícil. Nunca fui tão chamada de "*ele*" depois da transição. Isso machuca por disparar um gatilho da infância e adolescência. Sofri abusos sexuais dos 7 aos 11 anos e me lembro bem da imagem do "menino" de cabelo raspado, o gênero masculino evidenciado. Aí, lembro de muitas outras coisas, mas principalmente disso.

Muita coisa legal também me vem à cabeça: minha vontade de ser artista, meus shows no banheiro pra toda a vizinhança e toda a felicidade que tive. Mas as violências eu sofria lá, na raiz, na infância e adolescência. Enfim, estamos no meio do processo e eu quase vislumbro o fim. Digo quase, porque pode ser que tenha que fazer mais quimioterapia, ou outro procedimento. Em realidade, a metade desse processo é mais agonizante que o início, porque afinal começar me aliviou e esse suposto "fim", não sei ainda se será realmente o fim. Vou pensar que já foram três. Só faltam três! Mas ainda é agonizante, porque afinal de contas pode não ser o final das contas.

HOJE FOI DIFÍCIL

A segunda-feira foi bem difícil. Acordei com muitas dores pelo corpo, um cansaço inexplicável. Vontade infinita de ficar na cama e, como de costume, o dia repleto de coisas a resolver. Eu sei que ainda tenho muitos destes dias pra "desfrutar", mas cada dia um deles é atormentador pra mim. Sou uma mulher muito elétrica, ativa, altiva. Gosto de fazer tudo ao mesmo tempo. As limitações e a obrigatoriedade de fazer tudo de maneira mais calma, lenta ou mesmo adiar uma tarefa me dão agonia. A vontade é fazer o que vem à cabeça, mas o corpo não responder é muito frustrante. Isso desanima em alguns momentos, me irrita e me enche de pensamentos negativos. Desculpe, por mais que eu tente é quase impossível não senti-los.

Tenho tentado focar na respiração, nos bons pensamentos, nas coisas legais que aconteceram nos últimos dias, no show "Valente", nas escritas, nos projetos, nos desenhos, nas fotos, na exposição, nas performances. Mas as dores e cansaço persistem. E foi no meio de uma crise de dor e prostração que pensei: *tu tá fazendo errado, descanso é pra descansar. Não existe "meio descanso!"*.

Todas essas novas possibilidades que surgiram são um belo pontapé inicial de um, ou mais, belo(s) projeto(s). Mas o projeto imediato é: minha saúde, minha saúde física e mental.

Transradioativa

De nada vai adiantar eu ter mil projetos pra executar e nenhuma saúde pra fazê-los. Eu tenho, sim, tentando manter uma rotina parecida com a que tinha antes do *quarto signo,* mas percebo a cada dia que isso não será possível e nem deveria ser. Mudança é a palavra que tem rondado os meus 40 anos. Logo estarei a postos e muito feliz. Estou feliz. Um pouco angustiada com essa pausa forçada, mas feliz.

Estou aqui, puxando o freio, repensando coisas e criando alternativas. Isso é a vida... Viva!

A QUARTA DO QUARTO SIGNO

Escrevo mais essa em meio a soluços. Tenho grandes, longas, engraçadas e irritantes crises de soluços após a quimioterapia. As achava estranhas e curiosas no início, mas depois de 4 sessões começo a achá-las irritantes e pavorosas. Em verdade toda minha empolgação por tornar isso um diário, um canal de conexão, passou. Mas me sinto na obrigação de continuar escrevendo. Eu mesma detestaria ser deixada a deriva de uma história que estou acompanhando.

Fiquei um pouco triste com algumas coisas. Uma delas, em especial, que se repete constantemente: parece que meu gênero se foi, realmente, com meu cabelo. Sou constantemente tratada no masculino. A minha carequice acabou com meu gênero. Isso é ridículo, dado o tamanho do que estou enfrentando: um câncer. Mas é impossível não disparar um gatilho importante e bem significativo: minha infância e adolescência, onde era chamada no masculino e sofria constantes abusos sexuais. Não devo tornar isso um gatilho, eu sei, mas é muito mais forte do que eu. O menino careca puxado pelos ombros pra sofrer abuso. O menino careca que era *"a bichinha estranha e feia"*, sempre sofrendo por amor e atenção. Repito: não devo tornar isso um gatilho, eu sei, mas é muito mais forte do que eu.

Eu tento ser forte e creio que estou sendo muito até. Tenho problemas diários, contas a pagar,

Transradioativa

resoluções a tomar. Uma vida. O câncer entrou sem pedir licença e eu preciso administrar essa "visita". Há dias que a presença dessa visita me atordoa e irrita. E parece que isso está ocorrendo com mais força à medida que o dia da sua partida se aproxima. O fim da quimio está marcado: 12 de março.

Confesso que tenho evitado falar sobre esses assuntos nas redes sociais, para não soar reclamona ou chorosa. Não é minha intenção. Não mesmo. Sei o quanto algumas pessoas estão tomando minha maneira de agir perante o câncer como exemplo. Mas, como bem já disse, tenho o direito de reclamar, chorar e espernear, ou até mesmo de não fazê-lo. Ao mesmo tempo que sei que esse é meu direito, também sei que é meu dever parecer, e me mostrar, bem e disposta, ainda que em muitas situações eu não esteja.

Isso se chama ter consciência de privilégios.

Porque embora tenha muitas dificuldades, sou muito privilegiada. Tenho teto, comida, sustento, apoio, remédios e a quem recorrer; e muita gente não tem nada disso. Logo, reclamar de barriga cheia é até feio! Sigo tentando equilibrar isso.

A quarta sessão foi cansativa demais, demorada demais, sem graça demais. Não que ela tivesse que ser divertida, mas antes até era. Sempre ia empolgada em ouvir histórias, porque estou juntando material pra escrever uma peça sobre isso, mas nessa última sessão nem isso me animou. Sei lá. Me sinto estranhamente sem ânimo.

Tenho sido muito questionada sobre meu ritmo de trabalho: "*mas tu não para? E essa agenda?*". Estejam certos de que faço tudo no ritmo que me permito e me permitem. Amo meu trabalho, sem ele enlouqueceria. Já fiz intervalos durante shows pra vomitar, ou simplesmente respirar, mas não estar ali me faria sucumbir e, como diz Elza Soares no seu último disco: "*eu não vou sucumbir!*". Estarei aqui tentando estar animada pra novos relatos.

Já tenho a data da última quimioterapia: 12 de março. Vou comemorar antes, no show da Elza Soares em Porto Alegre. Acho um bom signo! O fim desse mundo do "quarto signo" ser no show da mulher do fim do mundo é maravilhoso! Ia ser luxo cantar uma com ela, pra comemorar em grandioso estilo, mas isso já é outro sonho. No mais, seguimos fortes e valentes! Afinal, valente começa com *val*, de Valéria.

A MEL FOI DESCANSAR

As vezes passava na banquinha dela, pra comprar alguma coisa ou só pra rir alto mesmo. Mel foi uma amiga daquelas de longa data que fiz logo que cheguei em Porto Alegre. De pronto seu sorriso largo meio seduzente e maroto se aproximaram de mim e disseram *"sou tua fã"*. E eu virei fã dela também.

A gente se falava sempre que possível, recebia seus comentários em redes sociais ou, eventualmente, pessoalmente. Mel lutava contra o *quarto signo* há um tempo. Nunca perguntei direito sobre isso a ela - coisa que, aliás, instintivamente traria pra minha realidade atual. Entendam: é horrível e desgastante, ter que ficar mostrando, falando e dizendo onde ou como é o câncer - isso é o que menos importa. Mel levou a sério seu apelido, era de uma doçura infinda! Tenho aqui na minha casa três máscaras, presentes de aniversário dela, que ganhei com o pretexto de começar uma coleção de máscaras africanas. Segundo ela "*espantavam maus agouros e pra mim que era artista era bom, porque barrava um pouco isso*".

Sim, eu pensei na brevidade da vida ao me despedir da Mel. Pensei em tudo que ela gostaria de ter feito e talvez não conseguiu. E pensei em mim. Em tudo que quero fazer e talvez não consiga. Não é lamentação, não! Ao contrário: é um sopro de realidade nessa loucura chamada vida.

Valéria Barcellos

Até agora eu levei tudo numa ótima, mas amigos, tem dias que é muito foda, mesmo! E eu sempre irei sorrir e passar pra vocês essa mensagem: acreditem, vocês precisam muito aprender sobre tudo isso e como é importante ter delicadeza nessas horas, mas tem dias que eu choro muito e tenho vontade de esmurrar essa doença! Porque ela me faz ter pressa, me faz lamentar pelas coisas que eu perdi, me faz sentir fraca e impotente. Tá, já sei, vocês vão pensar que eu não sou isso, que sou forte, e blá, blá, blá.

Existe uma significativa diferença entre ser forte e *ter que* ser forte. Eu queria só estar reclamando do calor, mas estou aqui lamentando a morte de uma amiga querida e, junto a isso, pensando que daqui algum tempo pode ser eu. Drama? Exagero? Talvez. Mas nem todo dia é de sol - *e hoje tá bem nublado pra mim.*

A Mel se foi. O dia tá amargo, azedo e insípido. O calor do dia e parte da noite não mudou essa sensação de frio e perda. A gente se vê logo Mel, me aguarda aí. Prepara o palquinho pra eu cantar uma Ana Carolina pra ti!

Até breve.

Logo eu melhoro!

A ÚLTIMA

A última sessão de quimioterapia aconteceu num dia bem significativo pra quem é um tanto místico: 13/03/2019, uma sexta-feira. Por sorte, ou falta dela, acabou. A quimioterapia acabou. A consulta do dia 12, foi como de praxe, acalentadora e até divertida. O hospital lotado me deu uma importante lição: tem muita gente pra ser atentide e estar doente não é uma urgência só tua.

Aí é que está. Não me sinto doente. E nem estou. Estou (estava) com uma doença que, temporariamente, me põe numa situação vulnerável. Mas doente, doente mesmo, eu não estou. O fim da quimioterapia me trouxe uma avalanche de perguntas. "*Acabou mesmo?*", "*Por que estou sentindo falta de algo que nunca gostei e me fazia passar tão mal?*", "*Que espécie de síndrome de Estocolmo é essa que sinto?*".

Pensei muito e a única conclusão plausível é: sentirei falta dos cuidados, carinhos e atenções que tive durante o período quimioterápico. Sentirei falta das correntes de amor. Sentirei falta de tudo que vi nesse período. Dos artistas reunidos. Das lágrimas sinceras. Dos abraços demorados. De fazer parte da família de cada um.

É estranho, eu sei, mas é um sentimento mais forte que eu. A última quimioterapia é, e não é, a última.

Ainda terei uma, ou sei lá quantas, sessão de radioterapia para finalizar o processo. Ainda tenho cinco anos de consultas até o fim verdadeiro. Tá, o pior já passou.

O pior, pra quem vê de fora, são as reações mais visíveis: queda capilar, enjoo, prostração e não poder trabalhar. Pra mim, o pior mesmo, é esperar 5 anos pra o ouvir o "*finalmente livre*" e o fantasma das metástases ou reincidência.

Vou continuar a passagem para o *quinto signo*, Leão, mesmo que a saída do *quarto signo* não pareça tão certa. Ainda tenho 5 anos pra isso, mas sou sagitariana, tenho pressa de viver, e decreto, aqui, o início do fim! Tá, é por minha conta, mas a vida é minha e faço dela o que bem entender. Agora tudo volta ao normal aos olhos de quem vê: muito trabalho, muita luta, sofrer perrengues, discussões e tudo mais. Aos meus olhos fica a tensão constante do "*será que voltou, será que vai voltar?*".

Sou grata por tudo, tudo mesmo: os abraços, os beijos, as lágrimas, as contribuições, as presenças nos shows, os shows, cada um de vocês. Gratidão infinita! A vida vai continuar, ainda tenho cinco anos para falar muito sobre todas essas incertezas.

Enquanto isso vou me dedicando ao projeto "*Tríade do Quarto Signo*". Um show musical chamado "*O Quarto Signo*", com textos escritos por mim, músicas de cada signo do zodíaco e um pouco da narrativa dessa passagem. Uma peça teatral, "*Cabeças Carecas*" (durante a quimioterapia coletei relatos e histórias de mulheres que estavam na sala comigo recebendo medicação; na peça reconto essas histórias que misturam drama, tristeza e até momentos de humor escancarado). E uma exposição foto-vídeo-performática "*2023.1, a casa do caranguejo ermitão*".

Cada dia que saía da quimio, atravessava a rua e comprava um objeto símbolo daquela sessão. Sem pensar, o que mais me chamava atenção eu levava. Todos estarão nessa exposição junto com um pequeno poema. O objeto de mais destaque são meus cabelos, que caíram durante esse processo. Nas fotos-imagens do quarto que fiquei internada (2023.1), por outra perspectiva. Fotos do processo, exames, diagnósticos e tudo que envolvia isso. Ainda há muito o que fazer e desfazer.

A cura chegou em 70%.

Agora só faltam cinco anos!

Agora só faltam 30%.

Agora só falta!

Agora só!

Agora!

#VALÉRIA LÊPRÁMIM

UM UNIVERSO DE COISAS (DES)IGUAIS

A MULHER REAL

Comecei a escrever estas linhas ao som de "Cry Me a River", na voz de Ella Fitzgerald. Penso que vocês, leitores, já imaginam a cena: eu num puro glamour, taça de vinho na mão ao lado do computador de última geração, à meia luz de um abajur vintage, num agasalho lindo em preto, com óculos tipo gatinho, delineador perfeito nos olhos *a la* Clarice Lispector, salto ligeiramente alto, calça skinny de cós super alto...

Sinto desapontá-los! Escrevo de Porto Alegre onde, nesse momento, amargo um frio de 12 graus com sensação térmica de oito. Escrevo no computador do meu namorido; o meu, já desgastado pela ação do tempo, se desliga ao mínimo toque. Uso uma calça de pijama confortável, velha e ridícula. Um agasalho de lã preto, cheio de bolinhas e fiapos. Chinelo e meias completam a visão dantesca, mas incomensuravelmente confortável. Na mesa uma pequena bagunça: uma bacia com restos de pipoca, uma garrafa plástica velha, que uso para fazer barulho e assustar Valentim, meu cachorro bebê que faz xixi pela casa toda. Uma caixa do correio com um "recebido do dia" (um lindo par de óculos escuros). Uma sacola verde de farmácia, com apetrechos para fazer curativos (estou com ferimentos no pé). Chaves, carregador de celular, um copo de cor de laranja berrante, um tubo de pomada amassada. No apartamento acima do meu tenho a impressão de que bailarinos de danças típicas da Rússia estão ensaiando alguma coreografia, pelo som das pisadas. Em meio a esse mini caos, algo muito importante sobre a mesa: minha carteira de identidade. Usei ela pra receber o carteiro e aqui ela ficou. Não pude deixar de escrever sobre isso: a mulher glamorosa dos palcos e a mulher real da carteira de identidade. A imagem projetada e a imagem real.

Mulheres fazem parte do imaginário fetichista de homens somente por ser mulheres. Mulheres trans também. Mulheres negras também. E eu que sou tudo isso? Quantas vezes fui interpelada sobre o lugar onde moro, com perguntas sobre o que uso em casa, perfume e todas essas trivialidades? Teve uma vez que, indo ao supermercado a duas quadras da minha casa, usando calça de moletom, camiseta e cabelo preso num coque desalinhado, fui interpelada por um "fã" que queria saber se eu estava bem. "*Você tá bem? Tá com uma cara horrível!*", disse ele assim, na lata. Certamente por ter me visto figurinada, maquiada e glamurosa para algum show outrora por aí, e, naquele momento, ao me encontrar no supermercado me viu assim, "fantasiada" de gente comum.

Faço esse comparativo doido pra expressar a minha vontade de dar importância a essa mulher comum, "fantasiada" de dia-a-dia. Apresentar nosso eu real, longe do imaginário fetichizador ou de conto de

Transradioativa

fadas. Pois bem, estou aqui e ainda vamos compartilhar muitos desses momentos. Juntes, para construir! Estou cansada de gente "descontruída"; agora quero construir!

Construir uma imagem real, de mulheres reais, assim como eu: trans e negras erotizadas, menosprezadas, obrigadas a ter uma força descomunal para poder provar que são quem são! Uma fonte de escrita, fala e escuta pra muites de nós. Sim, somos muites, iguais e diferentes, lutando pra ter vez e voz! Quero ser esse canal! Pretensiosa talvez, eu sei, mas ali, na minha carteira de identidade, que lutei três anos e meio pra conseguir, diz: **Valéria Barcellos da Silva**. Não uma imagem projetada irreal, mas a mulher real e maravilhosa que me permiti ser. Há muites de nós assim.

Bora nos conhecer?

Bora deixar a imaginação de lado por uns minutos e conhecer mulheres reais, de roupa desleixada e muito a dizer?

Que maravilhoso te conhecer. Prazer imenso, satisfação gigante, sou Valéria!

MINHA MÃE

Minha mãe, Dona Ângela - essa que volta e meia aparece em alguma citação minha -, teria 60 anos agora, se estivesse vivendo entre nós. Hoje, sei lá por que, resolvi parar e fazer esse cálculo. Na verdade, calculei a idade dela, falecida em 2002, e do meu pai adotivo, ainda vivo – adotivo porque meu pai biológico já é falecido e, como já falei isso em algumas entrevistas e pode causar confusão, este teria mais que isso, não sei ao certo. Calculei as idades de ambos – sim, não sei de cor, perdoem minha falha. Mas sei o ano de nascimento e a data do aniversário.

Hoje, dia 26 de março, ainda reverberam as declarações de uma figura do alto escalão da política que veio a público pedir que deixemos o isolamento, e tratou dessa pandemia tal qual uma alergia ou uma urticária, ou como algo simples que com medicamentos, também simples, se cura e salva. Nem vou entrar aqui no âmbito da esfera política. Meus posicionamentos são bem firmes quanto a isso e bem sei que nós, enquanto mulheres pretas e trans, somos lembradas - senão por todos, por boa parte das figuras políticas - apenas nos anos que temos de usar o título de eleitor. E eu, vacinada que sou, já identifico de longe. "*Eu conheço o rengo sentado e o cego dormindo*", diria Dona Ângela se aqui estivesse. Também não vou aqui ampliar ainda mais os exaustivos cuidados com relação ao

Transradioativa

Corona Vírus, que a essa altura, e enquanto você lê esse texto, deve ter feito mais um substancioso número de vítimas.

Minha mãe estaria no grupo de risco e eu posso até imaginar como seria trabalhoso, se aqui na Terra ela estivesse, mantê-la em casa. Minha mãe faleceu de câncer em 2002. Em verdade, de complicações da doença, já que ainda ficou aqui conosco por um ano após a cirurgia que retirou parte do pulmão. Fumante inveterada, fumava escondida até os últimos dias de vida. Enganando a si mesma, ela massacrava a todos. E me mata, um pouco a cada dia, a lembrança latente de sua morte. Minha mãe morreu nos meus braços a caminho do hospital. Não esqueço, não sai da mente. É isso, e essa realidade não consigo mudar. Sua teimosia a matou também. É claro que não foi só isso, foi muito mais, mas em grande parte foi a teimosia em fumar escondida já sem parte do pulmão debilitado. Escolhas que se faz. Na época ela partiu deixando meu irmão de 7 anos.

Eu lembro, como se fosse hoje, o momento de dar a notícia a ele. Foi a pior sensação da minha vida, nunca serei capaz de esquecer. Choramos juntos e eu ainda choro a cada vez que lembro. Estou chorando agora enquanto escrevo. Não banalize doenças. Isso é sério. Não se deixe levar por informações falsas, ou orgulhos politizados. Ouça especialistas médicos da área, leia e procure as fontes na internet pra saber se são

Valéria Barcellos

confiáveis, e, principalmente, nunca perca sua capacidade de amar o outro.

Diga que ama. O amor não deixará a vovó ou vovô sair. Sentir esse amor ajudará na decisão de ficarem em casa. A sua mãe, pai, tio ou tia, do grupo de risco, vai pensar bem se você disser que os ama.

Hoje quem tem câncer sou eu e aqui estou fazendo o isolamento porque, afinal, estou completamente sem imunidade. Sou do grupo de risco, mas estou plena de amor. E por amor ao meu noivo, meus irmãos e até ao meu pai adotivo - que defende o atual cenário político - eu não saio de casa. E não vou sair. Tenho contas a pagar e as cobranças já começaram, mas na minha "conta" não vai constar o risco à vida de ninguém. Eu amo amar a todos.

Eu sei que é difícil. É insano pensar isso. Você deve se perguntar: "*e o trabalho?*", "*e as pessoas?*", "*e se me demitirem?*". Tudo isso pode acontecer e quanto a isso eu não sei que resposta dar. Mas peço que contes assim, numericamente, as pessoas que tu amas. Conte e guarde esse número. Depois imagine uma notícia de jornal contabilizando mortos. Em seguida, substitua o número de mortos pelo número de pessoas que você ama. Sim, é isso. Quando você pensa que esse número poderia ser a contabilização das pessoas próximas a ti é que dói de verdade, e eu te digo: pode ser. E vai ser, se a gente não se ajudar.

Transradioativa

É preciso cuidar da mente. Uma sensação horrível toma conta de mim quando, pela manhã, abro os olhos, pego o celular e lá tem 300-400 notificações de WhatsApp com notícias dessa pandemia. É necessário informar-se e é necessário isolar-se disso. Isso tira nosso brilho, nosso viço. Aliás, você lembra daquelas luminárias de praça em formato de bola? Imagine que ela seja você, agora imagine que os mosquitos e outros parasitas que se acumulam ao redor da lâmpada são as coisas ruins que a gente lê e sucumbe. Os mosquitos juntam-se em volta da lâmpada formando uma camada escura, até que acabam bloqueando toda a luz da lâmpada. Isso acontece com a gente também. A lâmpada e sua luz são você, as notícias e energias ruins são os mosquitos e bichinhos bloqueando ela. Pense nisso.

As mães sempre usam um argumento irrefutável quando querem ganhar uma discussão: "*porque eu sou sua mãe*". Quando criança eu nunca sabia o que responder. Hoje, adulta e sem ela, me arrependo de não ter dito tanta coisa linda a ela e foi assim, pensando nisso, que descobri o argumento que teria, talvez nos salvo: "*não faz isso, por favor. Eu te amo muito, não posso te perder*". O amor sempre resolve. Mesmo quando parece que tudo não tem solução.

GENTE MASCARADA E DOENTE

Gente mascarada e doente, com problemas pra entender o bem do coletivo, e gente que não se importa com o outro. Doutores em saúde da economia. Gente defendendo político ao invés de pensar na saúde física e mental. Gente com medo de sair de casa. Outras saindo no meio do caos. Gente ligando o foda-se.

Parece que eu tô falando da crise pandêmica desse ano, né? Na realidade eu estou falando do ano passado, e do anterior, e antes disso. Ouso dizer que falo da realidade do brasileiro. Ouso mais: que talvez esteja falando da vida.

Parei pra pensar em tudo - aliás é o melhor que se tem a fazer, pensar - e constatei que, usando de uma analogia, tá tudo igualzinho era antes. Claro, estou sendo irônica e peço uma licença poética e linguística aqui. Reitero que sei da gravidade do problema, da situação de muita gente que pode se isolar e de quem não pode. E é por isso que resolvi escrever.

Gente mascarada eu vejo desde sempre. Pessoas de índole duvidosa, sem escrúpulos, falsas e preconceituosas em seu interior. Tóxicas em suas palavras e mentirosas na sua apresentação. Usam a máscara do "*conta comigo para falar o que quiser e quando precisar*", mas são as primeiras a exporem nossas fraquezas, nossos medos e angústias à boca miúda e jogar na nossa cara o quão importantes foram nesse momento. E se tu precisares contar mesmo com essas pessoas, sempre inventarão pretextos para não se fazerem presentes. Vejo gente mascarada quando ouço elogios à minha pessoa e frases preconceituosas de transfobia com outras. As pessoas desse tipo usam tantas máscaras que nem mesmo sabem quem são. Usam uma na tua frente, outra quando estão nas tuas costas e outra pra se esconderem de si.

Gente doente também não é novidade. Gente com uma doença que faz ser seletiva em suas convicções, sejam elas religiosas ou ideológicas. São aquelas pessoas que minha avó costumava dizer que "*vão pra onde o pé pender*", ou seja: onde é vantajoso, é lá que elas param e se sentam. Gente doentiamente preconceituosa, burra, com problema de entendimento e principalmente de caráter. A doença é pura e simplesmente a maldade no coração ou a fala delas.

Gente sem senso de coletivo também vejo há muito tempo. Por que pensar no outro se posso pensar só em mim? Eu diria: por que pensar? Gente que se quer pensa, e por consequência não consegue – ou o correto seria dizer *não quer* – pensar no outro ou nos outros. Gente amnésica, que esquece que está em sociedade, e, portanto, sua ação afeta a todos.

Gente com medo de sair de casa também. Se nem mesmo dentro das nossas casas estamos segures, quiçá fora delas...

Gente que sai e liga o foda-se. Nada de novo. Bem lembro de um período de chuvas e enchentes aqui no Sul do país, em que a corrida por lonas foi enlouquecedora. Muita gente na rua e pouca solidariedade com os mais necessitados.

Tá, talvez tenha exagerado na analogia. Mas pensemos que faz um pouco de sentido: a quarentena e o isolamento que nos assola desde antes, afinal, com tanto medo e violência, ficamos presos em nossas próprias casas. Ela apenas se repete agora, compulsória, e guardando as devidas precauções do vírus, isso tudo é muito parecido.

Ouvi uma declaração que deixou me pensativa, muito pensativa. Alguém que não lembro agora assim de pronto disse: "*a situação das pessoas de rua diante do vírus era preocupante e ao mesmo tempo triste*". Se ninguém pegava nas mãos deles antes imagina agora? E vou mais além e pergunto: se antes era tão difícil darmos as mãos, de maneira real ou figurada, imagine agora?

A Terra parou. Muito se perde economicamente, mas muito se ganha em qualidade de vida. Muitas pessoas passam fome e necessidade, mas poucos ajudam. Os profissionais que mais se expõem são os que correm risco de morte pra que nós continuemos vivos e saudáveis. Obrigada garis, médicos, enfermeiros, funcionários da limpeza, dos laboratórios, das entregas, dos correios, da segurança do ramo alimentício, das

Transradioativa

artes, da saúde e todos vocês que porventura estão aí no front por nós.

Mais uma vez, como antes, ninguém agradece ou se importa. Nada de muito novo. Somos muitos e poucos na mesma proporção no tocante à gratidão. O vírus é novo; a doença é velha, bem velha.

DECIDI PARAR DE RESPIRAR

O texto abaixo é mais um desabafo dos mui-
tos que fiz, faço e farei, sobre as muitas tentativas de desistir de ser "artista". Vários momentos de dificuldade financeira e psicológica me rondaram todo este tempo. Foi e ainda é difícil, mas como se desiste de ser a única coisa que realmente se é?

Arte pra mim é ar, é ter, é o ar que tenho. Essa foi uma das frases que mais falei nos últimos meses, um conceito poético criado por mim pra explicar a ânsia em ver arte em tudo, porque realmente vejo arte em tudo. Devo começar explicando que meu conceito é mais que um conceito teórico, é sim uma filosofia de vida, algo tão forte que beira o genético. O artista é assim. Vê no sangue a possibilidade de usar o vermelho para pintar nuances de amor e dor, tudo com muita poesia.

Artistas realmente rimam amor com dor e flor, assim fácil e habilmente. Faz parte de nós, mas eu cansei. Cansei das rimas, das cores, das tentativas, das trocas. Cansei dos elogios, dos incentivos, da adrenalina, do tremor nas mãos e do suor de nervoso. Cansei do choro de alegria, e, principalmente, do constante choro de tristeza e "quase lá". Cansei do "esse ano vai ser teu", "dessa vez acontece". Eu não sei mais o que fazer, nem por que fazer. Fazer parte de um momento histórico como esse é tão dolorido e cruel que nem

Transradioativa

livro de contos de fadas com a bruxa mais malvada faria jus a esse momento. Vivemos um momento de ignorância anunciada, bradada e orgulhosa. Quem nos governa, governa para si. Uma multidão enfurecida espuma pela boca defendendo quem não precisa de defesa. Um vírus silencioso mata tantas pessoas que nem sequer vamos poder contar. Ninguém percebe isso. Só estão preocupados em serem defensores da moral e bons costumes, que não existe em nenhum âmbito.

Imoral mesmo é julgar teu semelhante; mau costume é caçoar de quem nada tem. Não é religioso ou divino esquecer do irmão doente que não pode sair, que não deve sair. A economia é o único objetivo? Eu não aguento mais tanta loucura e maldade no ar.

Grandes artistas fazendo lives com patrocínio. Pequenos artistas fazendo lives pra sobreviver e o público perdidamente ensandecido. Ora ajuda, ora desdenha; ora tenta viver, ora morre. Dividido entre duas maneiras de ser mesquinho: ou mato um de fome ou enriqueço quem já é rico. Decisão difícil e compreensível, afinal se pode escolher o que se quer. Isso se chama democracia. Vivemos em uma, não é?

E nem posso reclamar! Há muita gente como eu, quiçá pior. Desisti de respirar. Esse "ar" que eu tenho se esvaiu dos pulmões. Nem sopro é mais. Nada me motiva, nada tem cor. E se antes o fato de não ter cor me deixava feliz, por um recomeço, hoje eu só vejo nada. Vazio.

Escrever é uma fuga. É como quando você está fazendo uma dieta super regrada, mas vez ou outra, se permite uma extravagância. Contudo ela não é regra, nem tampouco será constante, então me delicioso nesses momentos poucos, que logo serão nenhum. Isso é uma massagem pulmonar, e, talvez, me fizesse querer respirar "aquele ar, da arte", mas eu não quero mais.

Cansei de tudo, farei o de todos. Serei uma peça com encaixe, ou não, afinal terei de aprender a ser peça de encaixe e, ainda assim, nunca me encaixarei. Vou estar ali, junto aos outros. Se fosse comparar com um móvel diria que serei um aparador, abaixo de um porta-chaves: está ali por opulência ou insistência, vez ou outra alguém o usa pra aparar as chaves, mas sabe que pra isso tem de usar o porta-chaves, se é que me fiz entender.

Estarei aqui, esperando o fim da loucura para finalmente procurar a sanidade que já não me acompanhava desde antes.

Vou procurar meu respirador, como todo mundo, para ser tal qual todos. Desisti de respirar esse ar com cheiro de baunilha e cores. É hora de fazer como os anjos do filme "Cidade dos Anjos": pra ser gente é preciso se jogar. Já subi na plataforma. Agora estou aqui, aguardando o momento certo para o mergulho real.

COMP(R)AR(AÇÕES)

Sou uma mulher de 40 anos. Sou gaúcha, nascida no interior do Rio Grande do Sul, numa cidade chamada Santo Ângelo. Uma cidade pequena e linda, colonizada por alemães. Sou uma mulher negra.

Iniciar essa narrativa falando de mim talvez soe um pouco egoísta, mas é premissa do bem se expressar. Eu não posso falar de outras realidades com tanta propriedade tal qual falo da minha. Minha perspectiva começa nas minhas vivências, e depois se equipara às outras realidades. Não é pedantismo, é vontade de não errar com os outros; é a ânsia de ser justa naquilo que se fala. Se não calço os sapatos alheios, como posso saber onde dói o calo que o outro tanto reclama? Começo falando de mim, e aproximando outras realidades, acerto no mínimo de erros. É a asserção da vida.

Começar falando de si pode parecer pretensioso, à primeira vista. Talvez você, que esteja lendo isso agora, nem imagine o quão difícil seja, mas vou tentar explicar:

Ser uma mulher negra é ser interrompida, ser mulher negra* é não ter voz.

Ser mulher negra é ser subjugada, ser mulher negra* é ser julgada.

Ser mulher negra é flertar com a solidão, ser mulher negra* é "o que é flertar?".

Ser mulher negra é ser erotizada, ser mulher negra* é ser objeto do erotismo sem ter outra opção, e, quase sempre, ser prostituta.

Ser mulher negra é lutar pela família, ser mulher negra* é não ter família.

Em suma, o "ser", em muitas situações, é bem ofensivo. Ser algo, ou ser alguém, é quase ofensa.

Você, a essa altura da leitura, deve ter percebido nas afirmações acima um asterisco (*) ao lado da palavra "negra" na segunda parte de cada afirmação. Calma. Não é erro de digitação. É um jogo para chamar tua atenção. Peço que coloque a palavra "trans" em substituição a cada asterisco e releia o texto.

Mudou alguma coisa, caros leitores?

Para alguns talvez nada; para outros, porém, o texto acaba de se tornar enfadonho, desinteressante, vitimista e nojento, se é que já não estava. Sim, contrariando a expectativa de vida de uma mulher trans, que é de 35 anos e, na contramão do racismo e feminicídio que mata, sou uma mulher trans de 40 anos que está viva. Fique à vontade para sair dessa leitura agora ou, já que chegou até aqui, que me ouça.

Sou uma mulher negra. Fenotipicamente inegável e, orgulhosamente afirmando isso, a "camada" da raça vem primeiro. Li e em algum lugar que somos como uma cebola, com várias camadas que fazem de nós quem somos, ou seja: todas as nossas camadas devem ser levadas em conta, ou seríamos uma cebola oca. A raça é a primeira que se vê, no meu caso e é por isso que foi o primeiro ponto que destaquei, mas todas são importantes.

A mulher negra é considerada à margem da existência e dignidade dessa sociedade, e quem nega isso fecha os olhos para a existência dela. Mulheres negras movimentam o mundo e, com seu movimento, mudam as estruturas sociais. Enquanto mulheres brancas lutavam pela independência social, mulheres negras já estavam mil anos à frente, trabalhando fora de suas casas, tomando conta dos filhos dessas brancas, enquanto seus próprios filhos cresciam forçadamente independentes. Mulheres negras movimentam a economia com seu empreendedorismo, que sempre é compulsório, e, agora mais que nunca, é a realidade de muitas. Mulheres negras têm muito a dizer e ninguém pra escutar. Seu corpo erotizado é - e sempre será -, apenas uma carne forte que tudo aguenta. Um corpo erotizado sem voz – assim funciona a normalidade, a norma. Mulheres negras têm seu sofrimento romantizado e ninguém, absolutamente ninguém, faz nada. Ser uma mulher negra é ser e não ser. É estar e não estar. É lutar e só lutar.

Sou uma mulher trans. Fenotipicamente inegável e, orgulhosamente afirmando isso, a "camada" da sexualidade vem depois. A mulher trans é considerada a escória dessa sociedade e, quem nega isso, fecha os olhos para a existência dela. Mulheres trans se movimentam pelo mundo, e, talvez, até mudem as estruturas sociais. Possibilitam poucas mudanças, pois são impedidas de fazê-lo. Enquanto mulheres cis lutavam pela independência sócia, mulheres trans já estavam mil anos à frente, sendo postas fora de suas casas, tomado conta de suas vidas sozinhas. Mulheres trans movimentam a economia com seu empreendedorismo, que sempre é compulsório, e, agora mais que nunca, é a realidade de muitas. Mulheres trans têm muito a dizer e ninguém pra escutar. Seu corpo erotizado é, e sempre será, um corpo erotizado sem voz, assim funciona a anormalidade, a norma. Mulheres trans têm seu sofrimento comemorado e ninguém, absolutamente ninguém, faz nada. Ser uma mulher trans é ser e não ser. É estar e não estar. É lutar e só lutar.

Não estou aqui comparando situações. Só estou expondo ambas, do meu ponto de vista, da minha vivência. Talvez não seja assim pra todas, espero verdadeiramente que não seja, mas pra mim é. Não estou comparando sofrimentos nem problemas - aliás, pra mim, problemas exigem soluções e não comparações. Ainda assim, estou tentando explicar essa minha (nossa) realidade.

Se um alarme soou na tua cabeça, caro leitor, com a frase "*eu não sou assim*", reveja tudo. Quantas vezes você já riu, zombou ou, até mesmo, ignorou a existência de uma mulher negra? Mesmo que fosse "só uma piada". Isso não te exime. É racismo recreativo e, a palavra sozinha, sem "recreativo", vira só racismo, racismo e só.

Se um alarme soou na tua cabeça, caro leitor, com a frase "*eu não sou assim*", reveja tudo. Quantas vezes você já riu, zombou ou, até mesmo, ignorou a existência de uma mulher trans? Mesmo que fosse "só uma piada". Isso não te exime. É transfobia. E aqui, nessa parte do texto, nem se fosse possível usaria a palavra "recreativo", porque não consigo imaginar re-creação na crueldade.

Estamos fartas de gente descontruída. Sim, far-tas de pessoas que "tem amigos negros" e que, por-tanto, não são racistas. Fartas de gente que zomba da cultura de nosso povo, que erotiza nossos corpos. Gente que acha a amiga travesti "fechativa", mas não considera a possibilidade de ajudá-la, amá-la ou abraçá-la.

Chega de gente descontruída! Vocês não são peças de Lego para agir assim. Queremos cons-truir algo, juntes: uma realidade digna para mu-lheres negras, uma realidade humana para mu-lheres trans.

A desconstrução pessoal chega a soar patética quando nem sequer é possível construir um lugar digno de vivência e escuta. Queremos mais, queremos tudo. Enquanto você continuar achando que aquilo que você tem é direito – quando na verdade é privilégio –, vamos continuar aqui lutando e desconstruindo.

Negritude não é só pauta pra gente branca se orgulhar de ter amigos negros. Transexualidade não é aquilo que você conhece dos sites de pornografia. Somos muito mais do que você acha que sabe e conhece. Já está mais do que na hora de nos conhecer realmente. É preciso ouvir e não nos calar. É preciso calar, pra nos ouvir!

P.S: Fui rainha do carnaval em Santo Ângelo em 2005. A primeira rainha "T" da cidade. Esse "T" muda alguma coisa pra você? Se a resposta for não, volte ao início e releia o texto.

TEM MAIS UM CORPO
ESTENDIDO NO CHÃO

Dia 17 de maio e eu leio, apavorada, sobre a morte de mais um jovem trans vítima da depressão. Depressão, disseram eles. A depressão por ter oportunidades negadas, espaços reduzidos e a cor marginalizada. No dia 18 uma ativista e maravilhosa mulher trans também se foi. Seu trabalho perante muitos e muitas de nós é inegavelmente importante, mas só vão falar que ela morreu porque quis, devido ao uso do silicone industrial. Nunca falarão sobre padrões de beleza ou estereótipos do que é dito feminino e imposto.

Quando outres de nós morrem é isso, e somente isso, para os demais. Mais um que morre. Sabem por quê? Porque somos os outros, vocês, aqueles ou aquelas. A inclusão de um corpo trans em qualquer espaço é sempre separado por baias, paredes invisíveis e distanciamento. Sempre é assim.

Quando afirmam que fulano ou fulana morreu de depressão, geralmente e repetidamente a culpa é da própria vítima. Nunca se questiona o porquê da depressão, ou o quanto essa pessoa foi ouvida ou não. É só culpabilizar a pessoa e acabou. Se essa pessoa for portadora do sufixo trans, junta-se a isso a "culpa" como razão de tudo – ser trans justifica todo e qualquer problema ou violência.

Se a pessoa se suicidou é porque é trans, e trans tem cabeça fraca e doida. Se foi assassinade, a transexualidade é usada como "*também olha o lugar que frequenta, devia estar drogade*". Se foi abandonade é "*porque algo fez*". Em todos os acasos a morte foi merecida, foi um prêmio. Ledo engano. Nem na hora da morte um corpo trans tem paz. Muitos e muitas de nós têm seu gênero e nome negados até na hora da morte. A família nos enterra com nomes e gêneros trocados - afinal, "*nasceu assim*". Porque "*foi assim que eu conheci e não me acostumo*", como se a existência ou dignidade de uma pessoa trans fosse algo a ser confrontado ou motivo de ofensa a outrem.

Mulheres trans têm seus cabelos cortados e são vestidas com roupas as quais elas, em vida, não considerariam vestir. Por uma imposição binária, mesquinha, de uma família que vê isso como um favor, por ter de estar ali no leito da morte de alguém que nem deveria ter esse direito. Em vida, seus direitos e gênero foram sempre motivo de dúvida, de pensar, pasmem vocês, duas vezes se podemos/devemos/ou se seria prudente ir ao banheiro, por exemplo. Veja bem: o direito de defecar ou urinar nos é negado por puro medo de que possamos representar uma ameaça.

Você, não trans, já teve de pensar mais de uma vez se pode ir ao banheiro ou não?

Você, não trans, já desistiu de passar por um grupo de pessoas, sentindo vergonha ou medo?

Você, não trans, já tentou se inserir em um ou mais movimentos de acolhimento e foi rechaçade?

Você, não trans, já pensou que nem no caixão terás sossego se depender de quem fica aqui?

Se esse corpo for preto e trans, anda temos bônus: a erotização desse corpo, seja ele lido como feminino ou masculino. A marginalização das nossas vidas. A imposição de termos de ser subalternos em esferas de emprego ou vivências em sociedade.

Toda vez que dizem que amor é a melhor solução, lembro do episódio de uma amiga trans que foi enterrada de terno, suas unhas e cabelos foram cortadas e a cerimônia toda foi lida/feita com o nome masculino dela. O caixão estava lacrado, por motivos de segurança, e o vidro que permitia ver seu rosto misteriosamente embaçou, impedindo completamente de ver seu rosto feminino. Achei aquilo tudo muito simbólico e triste. Somos isso. Nossa vida é assim. Temos que nos defender dessas fobias até depois da morte. E há quem diga, ainda, e brade a expressão "*opção sexual*". Optar por isso nem os mais sórdidos masoquistas pensariam.

Com relação aos amigos mortos, descansem. Ao contrário de uma frase comum, ultimamente usada, a militância não pode jamais descansar. Demétrio significa: "*consagrado à Deméter, consagrado à mãe terra*". Volte para lá, pra mãe terra, que ela te receba. Agatha significa: "boa, perfeita, respeitável, virtuosa", definição perfeita de quem se foi.

Termino com a definição de ser humano: ser humano (*Homo sapiens*) é o termo utilizado nas ciências para caracterizar a espécie viva evolutiva, que se difere das demais por possuir inteligência e razão. Não sei se duvido da ciência, da língua portuguesa, das forças divinas ou de mim mesma, com essa definição. Se nos ouvir ainda é desafiador, ou ininteligível, o que você acha que sentimos quando apenas sobreviver é o nosso desafio? O que fez o ser humano pensar que amar outra pessoa, seja ela qual for, é errado?

O que há de errado no amor?

Zelem por nós aí. Aqui, tentaremos fazer o mesmo, zelar e velar por nós sempre.

SONATA EM MI

Tudo começou quando 4,9 milhões de afri-canos foram arrancados da África para serem escravizados no Brasil. Depois veio a Lei do Ventre Livre, a inútil Lei dos Sexagenários. Depois a Lei Áurea, a liberdade compulsória, a fome, a violência e o início das favelas.

Corpos pretos dilacerados na ditadura, desaparecidos, confundidos com a escuridão, em dez, em cem, em mil. Disparidade na universidade, *apartheid* nos Estados Unidos, por aqui só desdém e desleixo, subserviência e dor, mas tudo era mínimo. Racismo recreativo, empregados na teve, erotização de estupros, negacionismo da própria cor e misoginia.

Hoje, não tão distante assim, temos de explicar o porquê ainda nos sentimos como vermes, explicar as cotas, explicar a língua e a linguagem racistas. Explicar estatísticas e ciência e milhões de mortes misteriosas. Por aqui, mulher arrastada, crianças levando tiros dentro de casa ou saindo da escola. A bala perdida sempre encontra os pretos e miseráveis. Por aqui, pessoas racistas nas escolas, nas ruas, nas grandes cúpulas, no clero, nas igrejas, nas nossas famílias, as vezes todos querendo salvar-se com a miscigenação.

Zumbi tem sua memória desrespeitada por uma fundação que leva seu nome, um homem trans se suicida cansado das mazelas da vida, as trans, as pretas, as putas pretas são sempre milimetricamente encontradas. 80 balas num carro, 70 tiros na casa com crianças. E sabe por que aqui não se faz nada? Porque nada foi feito desde o início!

A piada continua, o deboche prossegue, a morte ronda e escolhe o alvo preto. Imagina se nos Estados Unidos um jornalista que fez comentários racistas seria convidado pra comentar um caso sobre racismo. Imagina se lá, o FBI permitiria 70 tiros e deixaria impune. Imagina se aqui um cordão de brancos, defenderia a população preta.

Continue imaginando, é só o que você tem feito até agora. Enfia a consciência do teu privilégio branco no rabo e tenta entender por que eu não tenho, como direito, aquilo que é teu privilégio. Tenta sair com medo, como eu. Tenta ser sempre seguido, como eu. Tenta não enlouquecer com tantos dos teus morrendo, assim como eu faço. Tenta aguentar ser xingada das mais variadas ofensas como eu e não querer se matar...

Continue agradecendo por mais um belo dia branco de vida. Pra nós é sempre menos um dia. Foda-se a tua consciência, ela já me trouxe problemas demais. Lute comigo, não contra mim. Nada mudou de 1500 pra cá, continuamos sendo considerados sub raça, seres inferiores. Nada mudou entre os racistas. Eles nunca sumiram, sempre estiveram aqui. A diferença é que agora estão sendo filmados.

Transradioativa

Se depois de tudo que eu disse você ainda não se questionar sobre privilégio, suma dessa existência, ou se enterre, você como lixo tem mais serventia. E você, que está horrorizado com o levante negro nos Estados Unidos, olha pra sua casa, arrume sua sala pra querer receber visitas. Ah, agora sim, você pode dizer que tudo isso foi mimimi.

LÁ VEM O RACISMO

Lá vem o racismo novamente, mostrando sua face. De tempos em tempos, ele sai de sua catacumba, assombra a branquitude, e volta a se esconder. Não, eu não falei errado. Ele assombra a branquitude. Nós negros sabemos muito bem onde ele está. Se manifesta, se esconde, cara branquitude. Conosco ele não só assombra, ele fere, ele castiga, desoportuniza e mata!

Nós negros estamos preocupados mesmo é com o racista. Essa pessoa que, assim como o racismo, se esconde atrás de um quadrado preto e, na primeira oportunidade, mostra a que veio e o que quer. Desvela sua face oculta. A de um ser cruel, que brinca há séculos com uma nação inteira de negros e negras que não conseguem, na maioria das vezes, entender o que está acontecendo.

Você está sendo distraído pelo todo e não vê os mínimos detalhes: o racismo é a raiz, mas essa árvore já deu frutos e distribuiu sementes e não fomos nós negros quem plantamos. Esse trabalho foi feito pela branquitude. O racista me preocupa, ele aprendeu e aprimorou suas técnicas de preconceito disfarçadas de "simples piadas", ou de "amigos negros" pra disfarçar.

Não somos todos uma raça humana, e você sabe disso. Somos os negros, que vocês querem

Transradioativa

incluir quando lhes convém naquilo que chamam de raça humana.

O apagão da terça-feira[1] só esconde as sementes desta arvore frondosa que muitos saboreiam - os frutos chamados racismo. Levar as coisas para o escuro nunca fez tanto sentido pra mim: é tentar tirar da luz quem precisa ser visto. Não, não estou aqui criticando o movimento lindo, e necessário, de solidariedade a nação negra. Estou dizendo que precisamos da luz, do holofote, do pretagonismo.

Até quando veremos somente o racismo e nunca a punição aos racistas?

Nem uma *blackoutweek*, ou um *blackoutmonth,* resolveria um problema que é de séculos. Precisamos da punição aos racistas. O racismo, em si, é só uma palavra que define, dá nome. O que a gente precisa, de verdade, é dar nome a essas pessoas e levá-las às vias legais. Eu sei também que é difícil fazer isso, afinal se deparar com uma justiça que julga o racista como alguém que comete injúria é no mínimo risível. Admita: você não quer o racismo, mas quer o racista. Aí eu pergunto: você está preparade para não querer o racista?

Pense bem na resposta, pois ela pode apontar para alguém bem próximo de ti, da tua família ou mesmo você.

---

[1] Onda de protestos acontecidos em 02/06/2020, como forma de protesto antirracismo e em homenagem a George Floyd.

A simbiose *racismo x racista* é bem nutrida e se alimenta um do outro. Suas fezes espalham sementes, que acham solo fértil por aí e se proliferam com uma rapidez impensável, criando árvores ainda mais frondosas. Você pode até não comer desses frutos, mas se aproveita da sombra, admira e ri de sua beleza, aponta para os galhos mostrando os frutos mais frondosos. É uma árvore gigante, que está no seu campo de visão, mas para a qual você fecha os olhos ou muda a paisagem - afinal, você não comeu dos frutos e, portanto, não faz parte disso. Tem certeza?

Nada vai mudar pra você. Já pra nós, decidimos rever nossos posicionamentos e se antes queríamos só igualdade, agora queremos luta!

E vocês, negros que me ouvem e leem, cuidado: a branquitude racista vai aparecer tal qual uma abelha que poliniza flores. Se essa encontrarem as condições ideais, vai germinar, florescer e crescer. Depois de crescida, vai se misturar a nós. Hora ou outra essa fruta vai mostrar o sabor que tem. Talvez até apodreça, mas aí você sabe a máxima sobre a fruta podre que contamina o cesto todo.

É mais fácil, pra muitos de vocês da branquitude, colocar um quadrado preto nas redes sociais do que perder seu protagonismo para os pretagonistas. Admita que é. Admita, e mude. Isso é ser antirracista. Ouça aquilo que estamos cansados de gritar há séculos. Entenda que ninguém tira o lugar de ninguém, exceto quando morre. Entendeu a lógica das nossas mortes?

Ainda que mortos, fica o legado. Agora nós queremos tudo. Talvez você nem saiba o que isso significa, afinal pra quem sempre teve tudo, o tudo é trivial. Talvez quando perder, entenderá.

Nós temos a *Blackout Tuesday*, e a branquitude tem o que? Ora, tem tudo o mais! E no mais, seguiremos aqui, tentando ter uma semana inteira pra chamar de nossa. E vamos ter. Foi o início, vai ter muito mais. Não é ameaça, é realidade. Queremos tudo de volta e, veja bem, eu falei tudo: até o ar que nos tomaram.

QUADRADO PRETO

Eu sou um quadrado preto. Eu sei que visualmente você sabe o quê - e eu quem - eu sou.

Eu posso ter várias dimensões, mas sempre serei um quadrado preto.

O dicionário diz que sou uma figura geométrica plana, formada por quatro lados congruentes que, obrigatoriamente, tem quatro ângulos retos.

Eu estou presente em muitas coisas do dia a dia. Na mesa do café. Em alguns tipos de aparelhos de tevê. No jogo de dados. Também estou em muitas expressões do dia a dia do tipo "besta quadrada", "mente quadrada" e por aí vai.

Muita gente pergunta a minha utilidade: "*ora, mas pra que serve um quadrado preto?*", como se minha existência tivesse realmente de ser justificada por uma utilidade. As pessoas nunca tentaram entender direito, viram a cara para minha "inutilidade" e sou eu quem sofro aqui. Vez ou outra eu apareço na mídia e lembram de mim. Desta vez eu estourei mesmo. Vocês estão vendo minha cara por toda internet, uma semana inteira só pra mim. É pra celebrar mesmo, afinal nunca estive tanto tempo em voga.

Eu sou uma trans preta. Eu sei que visualmente você sabe o quê - e eu quem - eu sou.

Transradioativa

Eu posso também ter várias dimensões, mas sempre serei uma travesti preta.

O dicionário diz que *travesti* é uma expressão de gênero que difere da que foi designada à pessoa no nascimento, assumindo, portanto, um papel de gênero diferente daquele de origem, que objetiva transicionar para uma expressão diferente.

Diferente do quadrado, *travesti* tem dois lados diferentes: o de dentro e de fora. Meus ângulos também são diferentes: o ângulo que eu me vejo e o que a sociedade me vê. Isso sem fundamento matemático, só sobrevivência mesmo.

Eu também estou presente em muitas coisas do dia a dia. Mas nunca na mesa do café das famílias.

Em alguns tipos de aparelhos de tevê, sendo chacota, estatística de roubo ou morte. No jogo de dados não> Sou o próprio dado, triste e violento dado. Também estou em muitas expressões do dia a dia do tipo "mulher genérica", "aberração", e por aí vai.

Muita gente também pergunta a respeito da minha utilidade: "*ora, mas pra que serve uma travesti preta?*", como se minha existência tivesse realmente de ser justificada por uma utilidade. Em realidade, as pessoas nunca tentaram entender direito, viram a cara para minha "inutilidade" e sou eu quem sofro aqui.

Vez ou outra eu apareço na mídia e lembram de mim. Nunca estourei, mas já tive minha cabeça estourada a balas muitas vezes. Ao contrário do quadrado preto, vocês não estão vendo minha cara por toda internet.

Eu não tenho um dia de sossego só pra mim. Nunca fui celebrada verdadeiramente. Nunca estive em voga. As pessoas preferem um quadrado preto a ver gente como nós.

Quadrados pretos escondem caras pretas, mas expõem almas incolores e sedentas de luz. Os quadrados pretos dão visualização, mas falta visibilidade.

Quadrados pretos celebram o slogan "não ao racismo", mas não celebram nossa raça, preta como o quadrado. Muita gente atrás do quadrado preto nem sabe quem somos.

Já se perguntou o que acontece com a *pretaida* da sua rua, do seu bairro, sua cidade estado ou país?

Enquanto você celebra o quadrado preto, gente preta continua sendo enquadrada.

DEIXEM O FACEAPP EM PAZ

"*Deixem o FaceApp em paz, é só mais uma* brincadeira" - eles dizem. Mais uma - e, é claro e óbvio, nossas questões e opiniões serão vistas como reclamação: o tal mimimi.

Um aplicativo destinado à diversão aparece e pessoas que, à princípio, estão em congruência com seu gênero experimentam a sensação de ser do gênero oposto por alguns minutos. Acho o aplicativo incompleto, e explico o porquê: nós, mulheres trans, que sentimos na pele as agruras de uma adequação de gênero, achamos que o aplicativo deixou muito a desejar.

Ele deve ser imediatamente trocado por uma nova versão com sons e sensível ao toque. Sugiro pequenos choques graduais que vão aumentando de intensidade. Nessa nova versão, seria muito interessante a troca, que ficaria assim: para "homens que trocam por mulheres", salários desconexos e menores, títulos de louca e invasão de corpos alheios, jornada dupla de trabalho e medo, muito medo. Para a versão em que "mulheres trocam por homens", sugiro as masculinidades tóxicas, que sempre aparecem entre eles e creio que isso, por si só, já adequa a problemática.

Agora, para muitos de vocês, que encaram esse aplicativo como a oportunidade de se sentir trans, sugiro uma versão turbo: uma com sons que bradariam aos 4 ventos que você é: "*inútil, incapaz, puta, lixo, aberração, traveca, mulher genérica, que nunca será mulher de verdade porque não tem útero, pervertida*".

Também traria uma versão com frases célebres do tipo "*você parece mulher*", "*você é operada?*", "*qual teu nome de verdade?*", "*teu pau é grande?*". Outra versão viria com frases, sempre elogiosas, porém acompanhadas do "mas": "*não tenho nada contra, mas...*", "*a pessoa deve fazer o que quiser, mas...*" – aí bastaria a pessoa que está usando o aplicativo completar com sua transfobia diária.

Sugiro ainda uma versão que impede de conseguir emprego formal. Mas a versão que vai fazer muito sucesso mesmo é a que dá socos, facadas e tiros, igualzinho acontece conosco. A que mata afogada e arranca o coração – essa é só pra quem paga a versão plus, por favor. Para homens trans sugiro frases do tipo: "*você parece homem de verdade*", "*nem parece que nasceu mulher*", "*tem pau?*", "*e quando menstrua?*", "*que nojo, tem buceta?!*", "*ah, mas lá no fundo sempre fica algo, né?*" ou a célebre "*olha essa voz*". Sugiro uma versão de estupro corretivo e outra que, como num passe de mágica, a pessoa desaparece.

Se não me fiz compreender ainda, é óbvio que estou sendo irônica!

É tão louco explicar ironia no ano de 2020, quando pensávamos que estaríamos andando em carros que voam e tele transporte. Ainda venho aqui explicar o óbvio, o porquê me sinto constrangida, sendo que o fato de me constranger já deveria ser premissa para eu não ter de explicar mais nada.

Não é o aplicativo. Não é só a performance de gênero que machuca. É sobre levar a sério quando é brincadeira e na brincadeira e desrespeito quando deveria levar a sério. É sobre uma escuta que não foi feita lá atrás e que perdura até hoje. É sobre desrespeito a uma vivência, que nunca vai deixar de ser performática para ser real aos olhos de quem vê, porque sempre é tratada como palhaçada, brincadeira, joguetes. Tudo fica muito mais explicado e visível quando nós, pessoas trans, dizemos gritando que isso é ofensivo e vocês não escutam, porque pra vocês "*é só uma brincadeira*".

Vamos brincar de trocar de vivência por um dia? Você sobreviveria? Você aguentaria?

E se, ao chegar até aqui, você ainda está se perguntando se isso é exagero, defina exagero para mim: questionar o meu constrangimento por um aplicativo, ou por 111 facadas num corpo trans? Comparação esquisita? Não, realidade!

É isso! Se, ao invés de performar gênero, você ouvisse quem de fato tem na sua vivência questões de gênero, saberia do que eu estou falando. No mais, sigamos aqui, rindo de tudo, tal qual hienas. É engraçado, é só brincadeira, é só um app.

Nada contra quem está usando o aplicativo. Tudo contra quem está usando e comparando a uma vivência trans. Não! Isso nunca. Nossas vivências são sérias, urgentes. Fiquem aí, no virtual, performando. Seguiremos aqui no real, sendo não uma performance, mas uma vida que não se respeita, não se ouve, não se sente e não se vê. Bem parecida com toda essa vida virtual possibilitada pelo aplicativo...

#SQN

POR QUE O PRETAGONISMO INCOMODA TANTO?

Pretagonismo - ou o protagonismo negro - é uma expressão fictícia, criada para explicar algo que nós, negres, não temos há muitos séculos. Uma enxurrada de informações, notícias, imagens, perfis nas redes sociais invadiram nossos últimos dias. Artistas brancos cedendo suas contas em redes sociais a pessoas pretas, para que assim pudessem falar e serem ouvidas. Bem válido. Se vocês atentarem bem, encontrarão em meio a isso alguns comentários racistas e nessas ocasiões entenderão o quanto esse movimento é necessário.

Perder seu protagonismo branco é um bom começo., mas queremos mais, queremos tudo!

As múltiplas, bem arquitetadas e nem tão novas formas de racismos se escancararam de vez. Saíram das profundezas, mostrando suas caras. Não, não foi bem assim. O racismo sempre esteve e estará por aqui, porque estamos fazendo a coisa errada para combatê-lo. Estamos tentando acabar com o racismo, mas isso está errado. O racismo em si é uma situação criada, alimentada e bem nutrida por um sistema enraizado e adubado, cuidado, com zelo diário. Estamos tentando acabar com o racismo, quando deveríamos acabar com os racistas!

Percebam que sempre à frente, ou por trás, de uma situação de racismo o agente causador - só depois de denunciado - usa sempre de argumentos batidos e básicos: pede perdão porque não sabe muito do assunto, ou não sabia o que falava; depois argumenta, lavando as mãos, que sim, tem muito que aprender. Se a ofensa racista for além da conta, tenta ainda se isentar com a frase de que "*tenho amigos negros, minha bisavó era negra, e blá, blá, blá*".

Aí está o erro: admite-se, aceita-se, mas nada se faz para ensinar a essa pessoa que ela está, e sempre esteve, errada - e antes de mais nada: NÃO, isso não é uma tarefa da negritude. Cabe a vocês, brancos, entenderem do que estamos tentando falar aos berros há séculos. Se aprenderam sozinhos a discriminar, que aprendam sozinhos a não fazê-lo.

Nós, negres, já estamos bem cansades de teorizar, há séculos, literalmente. De explicar, reexplicar e "re-reexplicar" e NADA! Você sabe muito bem o que faz ou diz e o que sempre disse e fez. A diferença é que agora as informações se espalham e as provas estão ali, na cara, ou como bem disse Will Smith: "*agora eles estão sendo filmados*". A essa altura do texto você deve estar se perguntando o que fazer. Primeiro te digo o que não fazer: parem de querer explicações, palestras, falas.

Parem de oportunizar pessoas pretas com uma pauta criada por vocês. Isso não é nos oportunizar a nada, é nos dar um "job", e pior, geralmente sem remuneração. Nem preciso dizer o que isso lembra, né?

Você sabe onde achar informações. Você sabe como verificar a veracidade de tudo. Na hora do erro e do escândalo você pensa em nos ouvir, mas e antes? Não o fez porque não quis! Nós realmente cansamos de toda essa falácia de "quero te escutar", vocês não ouvem. Vocês escutam o que querem e aquilo que combina com sua própria noção de algo que não existe. É preciso sim conversar, mas nós já fazemos isso há séculos. Sabe aquela professora que está dando a aula da matéria que vai cair na prova e você não está prestando atenção porque acha que sabe, ou por que o colega vai te passar a matéria? É mais ou menos isso.

Quem você realmente acha que criou a divisão do ser humano em raças e disse que negros são inferiores? Pense nisso. Não me venha com raça humana. Isso é uma balela imbecil de uma tentativa de inclusão. Se querem nos incluir é porque, sim, estamos e somos excluídos. E, aí, eu pergunto: há como se autoexcluir de uma vida digna e sem preconceitos?

Estou realmente feliz com tudo isso. A branquitude se digladiando e sendo exposta em vídeos, processos e tudo mais. Ainda longe de ser ideal, é bom pra sabermos quem usa máscara e quem está a fim de ajudar realmente. Não use do argumento de que o mundo está chato e *mimizento* e que "agora nada pode". Nunca pôde.

Se você sente falta da liberdade de fazer piadas ou comentários racistas, gordofóbicas, transfóbicas, homofóbicas e afins, é porque você é o problema e não o mundo. O politicamente correto não existe, existe o que é correto e ponto! E o correto é não discriminar ninguém. Se a dificuldade em acabar com o racismo está em não olharmos com atenção aos racistas, é porque você não está enxergando bem.

Você está realmente preparado pra acabar com o racismo, sabendo que para isso terá de identificar o racista? Que ele pode ser seu pai, sua irmã, sua mãe seu namorade ou até você mesme?

Ah, antes que você diga que negres são racistas também, lembre-se que a maior vitória de um ignorante perante um carrasco não é acabar com ele, mas ser ele - e é por isso que a branquitude está ainda incitando os negros a pensarem assim. Texto cruel e raivoso? Talvez, mas se algo nele te ofendeu, já identificamos mais um racista por aqui.

QUAL AMIGA EU SOU PRA TI?

Hoje eu quero saber qual amiga eu sou pra ti. Talvez a pergunta soe estranha, ou talvez soe fácil de responder. Você pode me dar uma resposta filosófica, bonita e delicada, mas a resposta que eu quero, e necessito, é direta: qual amiga eu sou pra ti? Se não entendeu, eu explico – e saiba que ao final desse texto tu também vais querer saber qual amiga, ou amigo, tu és para mim.

Desde pequena, cheia de amigas e amigos, eu sempre fui alguém com um adjetivo ao lado. Amiga-Preta-Bicha. Amiga-Preta-Pobre. Amiga-Filha-da-Mãe-Solteira. Amiga-Filha-da-Faxineira. Depois de adolescente virei a Amiga-Bicha-Feia. Amiga-Sem-Vergonha. Amiga-das-Gurias. Aquela Amiga-Que-Faz Teatro. Adulta, virei a Amiga-Travesti. Amiga-Cantora.

Hoje, sou Amiga-Que-Teve-Câncer.

Estou falando aqui as coisas que ouvi, mas sei que longe dos meus olhos e ouvidos devo ter sido uma amiga com outros "adjetivos". Já ouvi falar que sou a amiga feia. A amiga bafuda. A amiga malvestida. A amiga drogada. A amiga que pode nos bancar. A amiga bêbada. Já fui muitas, mas nunca fui aquela que eu queria, quis e quero ser: Amiga, pura e simplesmente.

Tá, também não posso generalizar. Eu fui amiga, simplesmente, para alguns dos meus amigos. Poucos, bem poucos, mas fui. Sei quem são, sei onde estão, e eles também sabem. Sentem. Tratamos de adjetivar nossos amigos, não para facilitar a comunicação, mas para expor nossa mesquinhez em forma de elogio-brinquedo.

Nossa amiga gorda, ou nossa amiga negra, leva mais que um adjetivo, mas sim uma carga que você faz questão absoluta de lembrar a ela e aos outros; que é dela e não sua. Mais ainda quando tu te referes a ela e/ou sobre ela se incluindo, como: "*somos os amigos pobres e gordos*". Te inclui porque sabes que, assim como adjetivas, és adjetivado. Te faz se sentir menos mal, saber que te excluem em adjetivos. Te faz sentir o amigo que é mal falado, mas sabe que é e por isso se torna o amigo esperto. Pouco, bem pouco. Contentação ridícula.

Aí eu te pergunto: tu sabes que tipo de amiga, ou amigo, tu és para o teu círculo de amizades?

Se te plantei uma sementinha de dúvida agora, te respondo: não é você a amiga, ou o amigo, bobo. Amigos reais são amigos sem adjetivo. São amigos e pronto. Amigos e só. Dói admitir que aquela pessoa que tu gostas tanto te menospreza ou te rebaixa, mas ela não é tua amiga. Uma amizade unilateral não existe! É egoísmo. Dói mais ainda se afastar. Amizades tóxicas deixam cicatrizes e traumas eternos, mas as pessoas só fazem com a gente aquilo que permitimos e, se tu te permites ser algo menos do que aquilo que tu mereces por chamar isso de amizade, se valorize!

Teu melhor amigo, ou amiga, são primeiramente tu e tua vida, teus sonhos e tuas coisas. As pessoas que se lembram, são lembradas. Amigos verdadeiros existem, e eles provam isso sem precisar nada provar. Sem nada adjetivar.

Sabia que se tu adjetivas, tu também és adjetivade? Parafraseando Antoine de Saint Exupéry "*tu és eternamente responsável por aquilo que adjetivas*". Se tu não sabes que amigo tu és exatamente, e se tem adjetivos ou não, não te preocupes. A vida vai se encarregar de te mostrar.

Ser amigo, pura e simplesmente, denota trabalho árduo e abandono de muitas amarras e pretensões egoístas. Ser amigo é ser para o outro, tanto quanto são para ti. Parece complicado, mas tu entenderás.

Quantas mensagens de Dia do Amigo tu recebeste hoje, e quantos amigos no dia que precisou de uma mensagem estavam contigo?

Um milhão de amigos, para mais forte poder cantar, só na canção do Roberto. O coro ajuda, mas o solista tem de ser sempre você. Não é egoísmo, é consciência de estar forte para dar força e de ser amigo para dar amizade. Amigue e só. E tudo. Feliz Dia do Amigo.

NEGRA É...

Negra é uma palavra linda que já diz a que veio: negar. Eu me nego a ser escrava, subalterna e mesmo símbolo de força. Me nego a ser mulher, guerreira forte.

Sou mulher negra, que se nega a ser o que os outros impõem.

Sou boca que grita todo dia que sou senhora do meu destino e tecedora das minhas próprias vitórias.

Sou aquela que inventou o feminismo na própria pele. Enquanto muitas brancas estavam queimando sutiãs, lá estava eu, lavando eles para serem queimados; cuidando dos filhos delas, enquanto os meus estavam a Deus dará.

E Deus deu.

Deu força e sabedoria para entender que dores do coração doem e vão doer ainda mais, enquanto eu viver.

Sou aquela que se nega a aceitar que não entendam a minha luta. Me nego a morrer, a me calar. Me nego a não ser "nega".

Sou a negra que se nega.

Não sou, e nem nunca serei, tuas negas. Porque nunca mais nenhuma nega será tua. Nunca fui tua, fui sempre minha e de mais ninguém.

Transradioativa

Sou filha do ventre do mundo. Sou negra desde sempre e desde sempre serei. Negra cor da noite, cor do café com leite, negra com vários tons.

Negra cor do segurança que segue.

Negra cor do conselho de usar o elevador de serviço. Negra, cor do capacitismo.

Sou negra, cor de uma luta rebelada diariamente, e passada em branco. Nunca foi favor nem obrigação compreender a minha dor e se perguntar por que algum dia ela existiu.

Se não compreendes minhas lutas, amordace tua boca, tal qual as nossas foram amordaçadas. Sinta dores de estupros, grilhões, acusações, falta de oportunidades, erotização, esquecimento, preconceitos, medos e mortes, muitas mortes.

Negra é a cor do amor, mas se preciso for, negra é a cor da luta.

O RACISTA PARECE UM ZUMBI FAMINTO

O racista parece um zumbi faminto, ele nunca dorme. Ele exalta suas qualidades, nomes e sobrenomes o tempo inteiro. Você sabe quem ele é. Sempre soube. Sempre viu. Segue fingindo que não vê e tudo segue seu curso. Não. Não mais. Nunca mais.

A negritude cansou de ser taxada de louca, histérica e sem razão. O racismo veio do racista e ambos vão voltar para o lugar de onde saíram. Senão sabem para onde voltar, ao menos saibam que aqui, entre nós, não ficarão mais.

Racistas estão sendo exposto, pegos em flagrante> Nos últimos tempos quase que diariamente. Veja bem o que eu disse: estão sendo pegos, flagrados. É bem verdade que muitos já nem se escondem mais. Ao contrário, fazem questão absoluta de aparecer e mostrar quem são. Tá aí algo que o advento das lives nos trouxe: muitos estão sendo pegos por aí. Nunca o ditado "*há três coisas na vida que nunca voltam atrás: a flecha lançada, a palavra pronunciada e a oportunidade perdida*" fez tanto sentido.

Nos últimos tempos as palavras lançadas como flechas estão ali, pra todas e todos verem, e não há como dizer que não se disse. Está ali e desta vez não serão tolerados. Outra novidade que pareceu instantaneamente foi o pedido de desculpas protocolar, tão

Transradioativa

iguais que quase beiram um CTRL+C / CTRL+V. E há quem defenda, justifique, o injustificável.

A esses eu digo: não há como se desculpar o que não é um erro, mas sim um crime. Para crimes o que necessitamos é punição, não desculpas. Racismo é crime, ponto. Não é um erro, uma falha, um deslize.

Temos ouvido até quem justifique o crime racista com a máxima de que "*não se aceitam mais pedidos de desculpas, preferem a execração pública*". Outros minimizam dizendo que todo mundo já errou, é só procurar. Como se isso justificasse aquilo. Não! Não mesmo. Racismo é crime previsto em lei. Não está passível de desculpas, e sim de pena. Quando vão entender isso?

Fazer de conta que não vê, corroborar com a minimização disso, é continuar com o sistema racista que se alimenta disso. É continuar com a ideia que libertar os escravos acabaria com o racismo – o que, ao contrário, foi mesmo o pontapé inicial disso tudo.

Não estou dizendo que a Lei Áurea não foi importante. Estou dizendo que ela nem precisaria ter existido se a ideia de escravização dos nossos antepassados negros não tivesse sido trazida pra cá. Não me venham com desculpas do humor dos anos 1980, ou com argumentos sobre tribos de negros que escravizavam os próprios negros ou qualquer outra desculpa que venha a justificar o "*deslize racista*". Isso é aprovar o racista e o racismo. É ser conivente e, portanto, racista também.

Aos meios de comunicação recomendo rever seus princípios. Vocês estão do lado da verdade ou da verdade que convém? A verdade, dizem, tem três lados: o meu, o seu e o real. Já o racismo só tem dois: o racista e o antirracista. Basta saber de que lado vocês estão. Não que já não saibamos, mas só pra entendermos melhor o porquê dos lobos em pele de cordeiro. Sejam sinceros consigo mesmos.

Não vai ter silêncio. Ninguém vai deixar passar nada, nunca. Não são erros, deslizes, acessos de raiva, calor do momento, nervosismos, doenças mentais, nada disso. Se for racista é criminoso, e ponto.

Vocês já estão bem grandinhos pra aprender, afinal, se aprendeu a discriminar sabe fazer o contrário, ou deveria, ao menos. Se desculpar de verdade é perder seu protagonismo e ouvir, de verdade, como quem quer aprender. Não com a soberba do "erramos" ou do "todos cometem deslizes".

Repito, isso não é deslize, é crime.

Racismo não é erro, é crime.

Se você pensa diferente, ou não entendeu, ou não quer entender. Não existe mais Casa Grande ou Senzala. Você está do lado de quem sabe e lamenta, sabe e finge que não sabe, sabe e faz de conta que não existe, ou nem sabe?

Transradioativa

Repense seus deslizes. Aprenda com seus erros. Ouça mais, seja humilde para aprender. Liberte-se de amarras. Estamos atentos. Há uma canção que fala que "*negro é a cor do amor, mas se preciso for, negro é a cor da luta*". Já sabemos lutar, vocês nos ensinaram. Agora, aguentem as consequências!

ESTA NOITE EU SONHEI COM A TAÍS ARAÚJO

O sonho era sobre mim, mas ao mesmo tempo não era. Um sonho que me trouxe para a realidade, quase como num sacolejo intenso.

Sou muito fã da Taís Araújo, fã mesmo, daquelas que nem se controla quando chega perto. Conheci o trabalho da Tais há muito tempo, quando era uma criança estranha e sem muita perspectiva de nada na vida. Foi no início dos anos 1990. Venho de uma família pobre e feliz. Na infância, os poucos brinquedos que tinha vinham sempre de madrinhas e padrinhos ou do esforço interminável da minha mãe. Lembro exatamente do dia que conheci Taís na infância. Eu revirava uma lixeira perto da minha casa, quando, na minha ânsia de achar brinquedos e livros, uma capa me chamou atenção. Era uma capa de caderno com uma linda menina negra e um rapaz, lindo também, que parecia ser desenhado a mão. Eram Taís e Reynaldo Gianechini, ambos muito jovens e lindos.

Junto a muitas relíquias da lixeira, aquela era a que seria mais importante e linda. Eu nunca na minha vida tinha visto uma mulher negra tão bonita, e ali, na capa de um caderno. Ela não era a empregada, a escrava, ou a vilã. Era a mulher linda da capa de caderno. Ela era eu. Eu era ela. E fui. Brincamos juntas muitos anos da vida.

Transradioativa

Nunca pude comprar o caderno, era caro, mas guardei a capa com a Taís até quando pude. Em uma das mudanças de endereço, aquilo se perdeu. Anos depois descobri quem era a moça. A vi na tevê, brilhando. Ela ainda era eu, ou tudo aquilo que eu sempre quis ser. Linda, negra e feliz. Quando se mora numa cidade pequena e racista a gente se apega a tudo que é possível pra chamar de felicidade. A minha era aquela. Não era uma capa de caderno, era a prova de que eu poderia ser algo, como ela me mostrava.

Fui uma criança trans. Feliz, ou nem tanto, em alguns momentos – e ela conversou comigo em vários deles. Ora sendo a amiga, ora sendo eu mesma. Gianne também estava lá. Ora era amigo, ora tinha ciúme, ora era meu namorado. Foi por muito tempo. Taís nos apresentou. Tudo na capa de caderno. No sonho que tive hoje, Taís era apresentadora de um programa e eu era assistente de palco. Daqueles tipo *The Voice* e *Popstar*. Tinha muita gente negra lá. Todos lindos, felizes e sorridentes. Éramos amigas de verdade agora. Ela até me ligou, no sonho, pra falar sobre pauta, e eu pensei nisso tudo que descrevi acima, uma loucura.

Destaquei esse sonho porque hoje, depois de 40 anos de vida, eu consegui sonhar um sonho real, desses de quando a gente dorme, no qual as pessoas pretas apareciam em lugar de destaque e isso me comoveu. Nem mesmo quando era criança e sonhava com as coisas da capa de caderno, eu tinha um final feliz. Era os anos 1990, muito *bullying*, muitas dificuldades e as lembranças da fome que havia passado um tempo atrás, ainda recente. Nem mesmo nessa época, de tanta amizade com a capa de caderno, as coisas eram legais e assim. Gianne foi meu namorado e terminou comigo várias vezes por eu ser negra, por eu ser trans, embora não existisse esse termo, hoje entendo.

Eu sonhei que era protagonista de algo, com toda a esperança que um sonho pode nos dar. Isso demonstra força. Demonstra introspecção real das minhas palavras, atitudes e ações. Minha vontade, externalizada, se internalizou nas raízes do meu subconsciente. Sou negra, até mesmo nas conexões dos neurônios. De tudo isso fica muita coisa boa. Sabe aquela coceirinha que dá na garganta, de orgulho e emoção? Sim, eu senti isso hoje.

Eu vi, e vejo, como é forte e necessária a representatividade e não a pura e simples representação. Protagonismo dos pretagonistas. Entender o racismo estrutural, o saldão da mulher negra. Ler, ser e ter negritudes plurais: Coletivo Nimba, Zezé Motta, Aza Njeri, Renato Nogueira, Tatiana Tiburcio, Taiguara Nazareth, Lázaro Ramos, Nando Brandão, Cris Vianna, Jorge Laffond, Fabrício Boliveira, Luciano Quirino, Ruth de Souza, Léa Garcia, Carolina Maria de Jesus, Conceição Evaristo, Paulo César Bacellar da Silva, Sueli Carneiro, Silvio de Almeida, Ângela Davis, Michelle Obama, Viola Davis, Gésio Amadeu, Sirmar Antunes, Preta Gil, Lélia

Transradioativa

Gonzalez, Andréa Cavalheiro, Glau Barros, meus irmãos Ben-hur e Tais, Linna Pereira, Liniker Barros, Tássia Reis, Juliano Barreto, Flávio Bauraqui, Silas Lima, Paula Lima, Gilberto Gil, Jovelina Pérola Negra, Dona Ivone Lara, Fabiana Cozza, Ernesto Xavier, Chica Xavier, Clementino Kelé, Grande Otello, Isabel Fillardis, Alcione, Elza Soares, Djamila Ribeiro, Negra Jaque, Erika Hilton, Erica Malunguinho, Beneditta da Silva, Camila Pitanga, Nátaly Neri, minhas avós Maria de Lourdes e Noralia, Veronice De Abreu, Pinah, Guilherme Barroso, Xênia França, Teresa Cristina, Iza, Demétrio Campos, Margareth Menezes, Tatau, Luana Xavier, Glória Maria, Maria Júlia Coutinho, Heraldo Pereira, Rodrigo França, Clodd Dias, Leyllah Diva Black, Bibi Santos, Cinthya Rachquel, Solange Couto, Silvio Guindane, Olívia Araújo, Bia Ferreira, Doralyce, Ella Fernandes, Emicida, Agnes Mariá, Preta Rara, Tia Má, Yuri Marçal, Chef João Marcelo, Aline Prado, Babu Santana, Manoel Soares, Lillian Valeska, Caio Prado, Diego Moraes, Bauraqui, Tatiane Mello, Antonio Pitanga, Beneditta da Silva, Jup do Bairro, Rico Dallassam, Majur, Jô Santana, Fabrício Santiago, Ellen Olléria, Elisa Lucinda, Larissa Luz, Thalma de Freitas, Divina Valéria, e minha mãe Dona Ângela, que lá dos céus zela pelos meus sonhos.

Que meus sonhos se realizem sempre, e que esse não seja só um sonho mais, mas uma profecia real do tamanho da imensidão da representatividade negra em todas as áreas e lugares dessa existência!

É APENAS UMA PIADA

Há alguns dias vejo pipocar pela internet um vídeo muito interessante: trata-se de um funeral, onde homens dançam e fazem coreografias carregando um caixão ao som da música eletrônica Astronomia 2K19, de Stephan F. O vídeo causou muitos risos e teve até versões brasileiras pra isso. Duas delas bem famosas: a de um político aqui de Porto Alegre, zombando da epidemia do COVID-19, e outra dos seguidores do atual governo, também zombando da epidemia.

É óbvio que a versão original do vídeo não é "engraçada". Confesso que quando a vi a primeira vez fiquei envergonhada com a queda do caixão - em um dos vídeos isso ocorre. Talvez, a minha tão exagerada sede de cultura e saber, me fez pensar que se tratava de uma tradição, e logo teria de haver uma explicação plausível pra tudo aquilo. Fui pesquisar e é lógico que havia. Trata-se de um tipo de "novo negócio", desenvolvido por cidadãos de Gana, na África. O vídeo não é novo, a primeira aparição dele é de 2015, e segundo o criador, o objetivo era amenizar a dor da perda.

"Os carregadores de caixões elevam o ânimo nos funerais, em Gana, com danças loucas. As famílias pagam cada vez mais dinheiro pelos seus serviços, para que se possam se despedir dos seus entes queridos desta forma". Aidoo, o idealizador, diz ter criado mais de cem empregos, para homens e mulheres

jovens. Segundo ele, essa é a sua forma de ajudar a diminuir as taxas de desemprego em Gana.

Talvez você tenha achado muita graça, por não saber da história, ou talvez esteja rindo, mesmo sabendo dela, usando como argumento a música descontextualizada – o original é um jazz tradicional africano. Saiba que aqui, no Brasil, mais precisamente no interior do Nordeste, um grupo de pessoas cantava, chorava e bebia cachaça durante a noite toda para garantir o "quórum" da cerimônia de velório. Segundo relatos, era uma tristeza infinita com lágrimas regadas a álcool.

Na suíça, um velório pode demorar até uma semana inteira, sendo que entes queridos e amigos visitam o corpo durante essa semana no necrotério. Já a cerimônia de enterro conta com leitura de condolências e um jantar, ou almoço, com vinho e despedidas. Nessa rápida pesquisa encontrei inúmeras cerimônias que poderiam despertar "graça" em qualquer um, ou no mínimo, curiosidade. Mas a graça ficou por conta do velório Ganês. Já parou pra pensar, por quê? Eu te respondo: racismo recreativo.

O racismo recreativo é, segundo Adilson José Moreira, autor do livro "Racismo Recreativo": *"aquilo que produções culturais, como programas humorísticos, fazem e reproduzindo estereótipos raciais, dizendo que não são discriminatórias por promoverem a descontração das pessoas.* O humor racista é um tipo de discurso de ódio, é um tipo de mensagem que comunica desprezo, que comunica condescendência por minorias raciais ". A esta altura algumas pessoas devem estar revirando os olhos e dizendo "*nossa que exagero, é só uma piada inocente, todo mundo riu e, confessa vai, foi engraçado, né?*. Me lembro novamente da obra de Adilson, na qual o jurista discute o conceito de micro agressões, essas sutilezas de personagens da televisão símbolos de racismo recreativo, como também afirma ser comum humoristas que se escondem por trás do argumento "*é só uma piada*" toda vez que são hostis a minorias raciais. A estrutura racista é bem solidificada e está em toda parte, onde menos se espera. Talvez, você aí que está me lendo, ou me ouvindo, não perceba, porque o mundo não é feito a partir da perspectiva dos negros, mas sim dos brancos.

Ora, claro que é difícil perceber incômodo em algo que não foi feito, criado ou indicado para você. Se o alvo da piada são os negros, como brancos vão saber como negros se sentem com isso? Antes que você argumente "*nossa, é muito mimimi*", saiba: "mimimi", para mim que sou cantora, é simplesmente tocar a nota "mi" três vezes. Não me venha com a argumentação do "*agora tudo é politicamente correto*", porque isso não existe. O que existe é o correto: nunca foi bonito ou legal fazer piada com negros, homossexuais, travestis, homens ou mulheres trans, gordos, lésbicas, PCDs ou qualquer outro grupo. Se antes faziam e agora não fazem mais, ao invés de lamentar, agradeça a evolução.

Transradioativa

A meu ver, parece que tudo no tocante a negritude é risível, ou desgraça, para alguns. Me lembro bem de anos atrás um pastor neopentecostal afirmar que "*sobre o continente africano repousa a maldição do paganismo, ocultismo, misérias, doenças oriundas de lá: ebola, aids, fome*". O racismo é sutilmente devastador. Está nas pequenas frases, pequenos gestos e nas piadas supostamente engraçadas. E antes que você venha se questionar sobre a legitimidade do meu incômodo, olhe pra si e perceba quantos episódios do tipo tu já sofreste em rodas de conversas; em palavras proferidas por ti mesmo; quantas vezes tu já foste alvo de piadas racistas. Se você é branco, nem preciso dizer que esse exercício é desnecessário: você pode identificar um episódio racista, mas jamais vai saber o que faz uma pessoa negra entender, sentir ou saber o que é racismo. Porque é fenotípico e dolorido.

Ângela Davis já disse brilhantemente em seu livro "Mulheres, Raça e Classe": "*não basta não ser racista, é preciso ser antirracista*". É preciso que a branquitude não nos tire também o direito legítimo de entender o que nos faz sentir mal, enquanto pessoas negras, e quais situações tomamos por racismo. Já nos foi tirada a dignidade, a liberdade e o orgulho. Não nos tirem o poder de discernimento, a bel prazer, ou pra provar que são benevolentes, ou sapientes, num assunto que nem os atinge. A máxima de que "*somos todos raça humana*" funciona para a branquitude, para os negros normalmente essa frase não passa de uma desculpa fajuta para "*pagar bem mais barato por nossas carnes nos presídios, subempregos e debaixo do plástico*". Pense: somos mesmo todos "raça humana" ou os pretos são sempre a raça mais engraçada e a menos importante em suas dores?

É preciso ouvir, não nos calar.

É preciso calar, pra nos ouvir!

A escravização no nosso país – veja bem, usei o termo escravização porque o termo "escravidão" não contempla o horror do que foi esse período, já que ninguém veio pra cá por livre espontânea vontade como o termo as vezes sugere –, foi um dos períodos mais nefastos que a humanidade viveu. Até hoje colhemos os frutos podres deste período: uma disparidade violenta na educação, na lida do dia a dia, nas instituições de ensino, no trabalho das e nas empresas e na vida.

Pergunte a uma mulher negra sobre a solidão e você talvez entenda o que tento aqui, em palavras, descrever.

Sou nascida numa cidade do interior do Rio Grande Do Sul, colonizada por alemães. Ouvi as maiores barbaridades racistas que vocês podem imaginar e muitas vezes concordei com elas. Concordei no meu silêncio, ou rindo junto com o piadista inocente. Eu aprendi isso, eu vivenciei isso, meus pais, avós e toda a geração de pretos da minha família passou por isso.

E, isso, é o que dá um ar de normalidade a tudo, ou seja: faz parte da norma, faz parecer correto. Mas não está.

Lembro de aos 7 ou 8 anos uma colega justificar o motivo de eu estar levando o meu material escolar num saco de 5kg de açúcar: "*tua mãe é negra, por isso tu não tem mochila*", disse ela. Eu, fruto da miscigenação de uma negra e um branco, de pele não tão retinta, passei a bradar a minha "*morenice*" e minha "*não negritude*" sempre que podia. É assim que se fazia pra ser aceito - e é assim que se faz até hoje. Esse país é feito de alma indígena e sangue negro, mas ninguém lembra disso com orgulho ou faz disso uma bandeira.

As descendências ítalo-germânicas são sempre as exaltadas. Veja bem, não estou desmerecendo essas mãos que pra cá vieram e ajudaram a construir este país. Ainda assim, quando essas pessoas aqui chegaram, meus ancestrais já estavam nessa mesma terra há décadas e, alguns deles, ainda permaneciam, mendigando igualdade, sendo tratados da mesma forma que durante a escravidão. Já libertos, porém sem liberdade. Pare para pensar e compare: os negros que aqui chegaram trabalharam até a morte; os que foram libertos, trabalharam livres até a morte. Muitos imigrantes de outras descendências ganharam um pedaço de terra, e os que não ganharam, certamente ganharam mais dignidade que os negros.

Hoje, passado o 13 de maio, dia da libertação dos escravos, nada a comemorar, continuamos vendo mil casos de racismo e sangue negro sendo derramado. Lembro do episódio do *influencer* Branco - o sobrenome dele é "Branco", ah! ironia, mostrando "claramente" o racismo estrutural. Perceba que no vídeo de "desculpas" ele começa dizendo *"quem me conhece sabe que eu sempre falo aquilo que penso"*... Bingo! Apesar das desculpas, é exatamente assim, e isso, que ele pensa.

Negros e negras desse país estão fadados a serem sempre isso: reclamões e coitados sem opinião. Se tentam ser qualquer coisa que não isso, são mimizentos, coitadistas ou até "racistas reversos". Entendo a *influencer* negra que ficou sem palavras e quase sem entender, o racismo tem esse poder. Ele nos trava, apavora, paralisa; e gente cheia de palavras perde todas elas, quase hipnotizados pelo absurdo.

Agora, assistimos chocados a morte de uma adolescente de 14 anos - veja só, negra -, morta dentro de casa. Aliás, numa casa só com crianças, negras também. Todos se apavoraram, se comoveram e solidarizaram, mas aos poucos estão todos também esquecendo. Essa comoção, pra mim, pra nós negros, não passa de hipocrisia. Nos querem assim, sempre vítimas e chorosos dos nossos, para que assim também o branco possa desempenhar seu papel de salvador. É como quando se ajuda um mendigo na rua: é uma boa ajuda, afinal, para quem não tem nada um pouco é muito. Mas ele continuando sempre ali e não se faz

Transradioativa

questão alguma de algo mais efetivo, porque quem ajuda precisa ter suas ações de bondade bem expostas e mostradas. Quanto ao *influencer* branco com seu racismo esquecido, sabe por que isso incomodou tanto? Porque ele foi exposto e descoberto, tal qual William Waac (lembram?). Tal qual os atletas da seleção de ginástica. Tal qual o caso da Cacau Protásio e até mesmo aquele ganhador do Nobel de medicina, James Watson, dizendo que *"raça e inteligência estão conectadas"*. Tal qual o caso João Pedro... Tudo isso vai ser esquecido e voltaremos à normalidade, ou seja, à norma.

Vai "dar um branco" em todo mundo. A norma é branca. No caso do blogueiro, a norma branca diz que *"isso foi um deslize"*, *"ele não quis dizer isso"*, *"vão condenar o cara por isso, olha quanta coisa importante ele fez"*, e assim tudo volta ao normal. Nós, a parte ofendida, seguimos, feridos por dentro, estraçalhados por fora e, muitas vezes, mortos.

Nosso corpo preto é parlamentar, ele fala por si. Toda vez que uma pessoa negra adentrar qualquer espaço esse corpo vai falar algo pra quem vê e, geralmente, é algo relacionado à norma branca. A escravização é um horror de culpa branca, sim, e toda vez que você disser que não tem culpa nisso, pense em todos os comentários e situações racistas que você viu e nada fez, ou melhor: pense nos que você mesmo fez.

Minha voz aqui vai parecer um pio em meio a um grito de hienas, mas vou continuar falando mesmo que ninguém ouça. Um dia alguém vai ter de ouvir. Essa situação é só mais uma, ou tu vais me dizer que nunca tinha visto outra situação dessas?

E eu pergunto: o que você fez diante disso?

Toda vez que você pensar em "raça humana", lembre-se da disparidade que vida que nós negros temos. Enquanto brancas falavam em feminismo, nós, mulheres negras, já estávamos trabalhando fora de casa cuidando dos filhos delas e limpando suas casas. Enquanto vocês estudavam, nós trabalhávamos de sol a sol pra que vocês tivessem educação e nós calos nas mãos. Enquanto vocês comiam, amas de leite ofereciam suas tetas pra crianças brancas não morrerem de fome e suas mães não "deformarem seus corpos". Enquanto o padrão de beleza era branco e esguio, nossos narizes largos e cabelos crespos eram chacota e comparados a utensílios domésticos. Enquanto brancos são finesse, negros são comparados a animais. Enquanto no bairro nobre há venda de entorpecentes, nas comunidades só há marginal e tráfico.

Esse é o pensamento da norma.

Se você, lendo esse texto, fizer um exercício simples de fechar os olhos por um minuto e pensar na palavra "escravo" e "escravidão" e vier à sua cabeça a imagem de um negro, isso é racismo estrutural. Você não desligou a imagem do nosso corpo dessa barbárie, vai sempre continuar tratando-nos assim, como

Transradioativa

propriedade, e objetificando nossas vidas e nossos corpos. No mais, pra nós negros, tudo igual. Amanhã haverá outra situação racista e talvez mais de uma. Pra vocês, o lamento virtual; pra nós, vida que segue normal.

VAMOS FALAR SOBRE ESCOLHAS

Precisamos falar sobre escolhas. Não as minhas, não as nossas. Aliás, raramente são as minhas ou as nossas. Raramente são as minhas ou as nossas por vontade própria, mas as escolhas que temos que tomar em razão de escolhas feitas por nós.

Seres humanos fazem escolhas desde sempre, mas alguns têm mais chances de escolhas que outros. Quando criança eu escolhi não ser. Escolhi não ser tão afeminada e feliz. Porém, escolheram para mim, que eu fosse um menino vestido de azul, violento e sem sentimentos. Na adolescência, eu escolhi ficar isolada. Porém, escolheram pra mim, que eu fosse a piada, a chacota e a risada. Quando adulta, em certa fase, eu escolhi não ser nada e, para mim, eles escolheram exatamente o mesmo: nada.

Escolheram compulsoriamente que eu me posicionasse. Então, eu escolhi me posicionar. Decidir ser a travesti preta que tem opinião, vez, voz e pensa. Porém, escolheram pra mim, que eu fosse marginal e desoportunizada, sem voz.

Já quando uma mulher feita eu escolhi SER, porque eu já estava cansada de FINGIR ser feliz, de fingir ser o que nunca fui, de fingir não me importar, fingir não sentir o escárnio e a dor pelo desprezo pela cor da minha pele ou pelo meu gênero.

Transradioativa

Sim! Cansei de fingir. Eu cansei do capacitismo ridículo que tentavam me impor e pago um alto preço por isso desde então.

Hoje, eu escolhi ser a melhor pessoa que poderia ser, que eu posso ser, e tentarei continuar sendo.

Escolhi ser eu mesma. Cheia de dúvidas, receios, com milhares de perguntas e sedenta de repostas. Sozinha, por vezes entristecida, mas ainda assim, extremamente feliz. Aliás, estar sozinha me deu a companhia ideal, a que me conhece como ninguém, que me respeita, me ouve e me ama.

Estar sozinha, comigo, foi o melhor ensinamento que a vida me deu, ainda criança, de como estar sozinha com todo mundo. E eu aprendi a ser eu mesma, sem julgamentos, só com escutas, para assim não me preocupar se me viam com outros olhos, ou, como de praxe, com os olhos dos outros. Simplesmente sendo, e só.

É preciso muita força pra se entender só, e, principalmente, entender que decepção só dói porque vem de gente próxima. Entender que o destino e o amor se encarregam de cumprir o nosso desejo, feito na oração, desde sabe-se lá quando, que pede para "nos livrar do mal".

Somos uma nação de gente sozinha, uma nação de gente sozinha, e feliz. Uma nação de gente, e isso incomoda quem está na multidão multifacetada de mesmas caras. Nos colocaram como símbolo um arco-íris, mas esse prisma é ainda maior. MAAAIIIOOORRR!

Não precisamos ser incluídos em nada.

Se vocês, pobres mortais, felizes e prepotentes querem se incluir aqui, na nossa felicidade solitária, o problema é de vocês. Entendam, ninguém quer ser como vocês; ao menos nós, não. Queremos o respeito por não sermos iguais a vocês e só.

De resto, sabemos e aprendemos muita coisa.

Não tudo, é claro. Não somos como vocês que pensam que sabem tudo, mas sabemos muitas das coisas. Morremos todos os dias para renascer no seguinte. Assim, renascidos, com olhar novo e fresco, como o de uma criança que vê uma bolha de sabão pela primeira vez.

É por isso, acredito eu, que você queira nos ver tão longe. Porque, em suma, não acumulamos ódios, somos amor "novo", todo dia.

Não! Não é que a gente te desrespeite, é você que desrespeita a si próprio.

Não! Não é porque nosso amor te ofende, é porque você odeia tanto a si e aos outros que já nem sabe o que é amor de verdade.

Nós estaremos sempre aqui. Nessa semana de celebração à diversidade, e em todas as outras semanas possíveis, elas sempre serão diversas para nós. Morreremos, de forma literal, a gente sabe, mas vamos lutar. Renasceremos a cada dia, felizes, porque ousamos ser nós mesmos.

Felizes, porque nosso maior "pecado" é a nossa maior realização.

Quanto a vocês, arremedo de coisa alguma, sigam sendo esse tudo de nada, com a diferença de que nós entendemos que, ainda que sua escolha seja essa, devemos sempre te respeitar, como sempre fizemos, fazemos, faremos.

Afinal, se o nosso amor machuca e fere, o que te cura, então?

FELIZ DIA DOS PAUS

Desde criança ouço falar que o segundo domingo de agosto é o Dia dos Pais, mas creio que erramos, mais uma vez, na nossa cronologia. Afinal, segundo muitos, este é o Dia do Pênis!

Uma grande polêmica envolvendo um pai trans, e uma conhecida marca de cosméticos se instaurou este ano. Confesso que me choquei em saber e ver a quão descarada e podre está esta sociedade, que já nem se esconde mais atrás de falsos argumentos. Agora é descarado o preconceito.

Sim, é preconceito.

Não é conservadorismo. Não é pelas famílias, é por uma opinião de pessoas horrendas.

Assisti perplexa ao vídeo de um ator gritando histérica e ridiculamente: "*só é pai quem tem pinto, quem não tem pinto, não é pai*". A esse pai eu parabenizo: feliz dia do pênis!

A loucura de tudo isso é o desrespeito e ataque gratuito a uma fatia da população quase invisível: os homens trans. Eles existem e estão aí pra provar que são excelentes pais, e, se porventura, não forem tão bons pais assim, o gênero ou sexualidade não tem ligação alguma com isso, menos ainda o genital. Paternidade segundo dicionário é: substantivo feminino, que ironia, e significa estado, qualidade de pai. Relação jurídica entre pais e filhos. Distingue-se a paternidade legítima, em que os filhos procedem de uma união entre pai e mãe, da paternidade adotiva, em que o filho é adotado. Em nenhum momento a palavra "pênis" aparece nessa definição.

O preconceito toma formas distintas e a defesa dele também: para homens trans-pênis, para mulheres trans-vagina, para pessoas gordas-saúde, para PCD-capacitismo, para negros-igualdade. Argumentos pífios para uma única resposta: ódio a essas pessoas.

Homens trans são pais sim, com pênis ou não. Paternidade é amor e não pirocada.

Alguém já parou pra pensar que José, por exemplo, para usar a Bíblia como referência, era pai de Jesus e nunca precisou de pênis para isso? Se acaso o pênis é tão preponderante nas relações paternas e casais de homens gays não-trans possuem pênis - dois, no caso -, fica tudo bem? É claro que não! O ódio vai se transformar em argumentos cada vez mais estapafúrdios e só vai comprovar o que já sabíamos: quem os renega à paternidade são homo-transfóbicos e tem discurso de ódio. Não confunda opinião com discurso de ódio. Opinar é falar sobre o presente do seu pai. Discurso de ódio é duvidar do amor de pai baseado no genital.

Estamos em 2020, e, pela primeira vez na história do país, um pai trans é representado. Não pensem vocês que essas pessoas surgiram assim, num portal de pessoas trans, que de repente passou a formar um exército delas. Elas sempre existiram e, queiram ou não, vão aparecer cada vez mais! O mundo muda a cada dia, as relações e conceitos também. Em 51 anos de existência a famosa empresa de cosméticos coloca, pela primeira vez, um homem trans representando outros homens; outros homens trans; outros pais. Não pensem vocês que só agora surgiram pais trans, isso já existe há muito tempo. Assim como, também há muito tempo, existe a violência em nos colocar no armário, de maneira compulsória, impedides.

Você, homem hétero-cisgênero, não se sentiu representado na tal publicidade? Pois pense que é, justamente, pela falta da *nossa* representatividade que nós, pessoas trans, lutamos há anos. É pela visibilização das nossas existências, enquanto pessoas que consomem, pessoas que vivem e pessoas que são pessoas. Gentes! Saiba que se você gosta de se ver nesse tipo de propaganda, nós também gostamos e mais que isso, também temos esse direito.

Ninguém quer comparar quem é mais ou menos pai. Igualdade de direitos e equidade de representatividade, não representação, não é pedir muito. É como a própria palavra diz: direito! Pessoas trans podem ser pais e mães, como qualquer outra pessoa, porque somos constituídos de algo que talvez você, ofendide, não conheça: amor!

A SANTIDADE DA SEMANA SANTA

Me lembro nitidamente da semana santa na minha infância. Minha mãe fazia todo um ritual e nos assombrava com aquele período. Era preciso silêncio total na sexta-feira. Aliás, isso já começa gradativamente desde a segunda; na quinta-feira era um pré-silêncio; na sexta-feira era proibido rir, conversar alto, ligar o rádio ou, até mesmo, pentear o cabelo. Certa vez, num riso muito alto, sei lá por que - afinal eu era criança -, lembro da voz de repreensão e ameaça: *"Tá rindo por quê? Tá feliz porque jesus morreu, né? Deixa, amanhã, no sábado de aleluia, eu te pego".* Hoje, relembro rindo, mas só Deus e eu sabíamos o pavor do sábado. Era chinelada na certa. Parecia um castigo pela quinta-feira e uma preparação para a doçura dominical. Me comportava bem durante toda a semana. Tinha medo de que minha mãe fosse falar com o "coelhinho" e ele não viesse. Crenças de criança e, confesso, até de pré-adolescente.

Não consigo deixar de fazer uma ligação entre o hoje e a minha infância. O silêncio, imposto por minha mãe durante a semana santa, continua aqui. De outra maneira, mas aqui. E tudo se torna mais real porque lembro da dificuldade dela em comprar os doces, fazer as cestinhas, ou como ela dizia "conversar com o coelhinho". Analisando tudo, tá tudo aqui. Parentes que não se visitam ou que mesmo sem convite, aparecem.

Pessoas que não se falam, mas que insistentemente querem se falar. Uma rede de amor forçada por uma data que se repete a cada ano em um dia. As pessoas esquecem os outros 364, e ponto.

Não estou reclamando desse amor regulado pelo calendário, mas peço que prestem atenção: estamos em meio a uma pandemia. É preciso respeito e atenção ao isolamento. Me diz: você tá saindo de casa só porque não pode ou tu realmente irias fazer as pazes com aquele parente esse ano? Sabia que celular também serve pra fazer ligação? Sabia que tem gente precisando de ajuda o ano todo e que elas já estavam precisando de ajuda antes de tudo isso?

Parece que confundi muitos assuntos, mas atente novamente: a Páscoa num período pandêmico significa muito. Se para os cristãos isso é uma passagem, para os adeptos das religiões afro-brasileiras é um momento de descanso dos Orixás - o que na realidade não foi bem assim, a história conta que os escravos eram proibidos por seus "senhores" de fazer seus ritos na quaresma. Páscoa é uma passagem, a pandemia, por mais que demore, também.

Depois que passar, o que você vai fazer com isso tudo que viveu? Passou?

Vai levar adiante o rompante solidário ou fará como a academia que tu pagaste por oito meses e nunca colocou os pés lá? Vai amar a todos sem

Transradioativa

distinção ou somente o hétero-cisgênero? Vai dar de comer a quem precisa ou esperar que morram de fome? Vai respeitar os profissionais da saúde ou reclamar do atendimento? Vai abraçar travestis ou apedrejá-las? Vai doar sangue ou guardar pra sangrar embaixo da terra? Vai passar por tudo isso ou esperar que tudo isso passe?

Tudo que acontece, agora, sem romantização. É sobre doença sim, mas acima de tudo é sobre respeito. Se eu respeito a mim enquanto humano eu respeito ao outro e o outro me respeita. Esperar do outro uma primeira atitude é comodismo. Faço por ti e faço pelos outros sempre que puder. Não só na pascoa, não só na pandemia. Faça hoje e sempre. O presente não tem esse nome à toa. Lembre-se: Páscoa significa passagem e essa vida também. Como você vai passar por ela depende de ti: tu vais ser uma boa pessoa durante toda essa passagem, 365 dias, ou só num pedaço desse trajeto?

O que muda? Pra quem faz, nada. Pra quem recebe, tudo. Porém, não espere fazer e receber algo em troca, isso é comércio e não bondade. Ser bom não é atitude pra ser recompensável, é caráter. Faça dessa passagem por aqui algo a ser celebrado e lembrado. Tenha lembranças pelas quais você ria sozinho, de tão deliciosas; tenha orgulho das suas lembranças. Aproveite essa passagem e, agora, decida: é por um dia ou por uma vida?

A INCONSCIENTE CONSCIÊNCIA

No início do mês de novembro me peguei às voltas com muitas agendas e convites: palestrar, falar, contribuir, agregar, dar testemunho, enriquecer, dividir experiências... A cor da nossa pele salta aos olhos no décimo primeiro mês do ano, todo ano.

Mas, e nos outros meses? E nos outros 334 dias? São só nos 30 dias de novembro e seus eventos temáticos que seremos lembrados como belos guerreiros e nossas lutas?

A visibilidade de todes nós, negres, é de uma dualidade infinita.

Por um lado, nos outros 334 dias do ano estamos em todos os meios de comunicação, mas como a população em maior número nas prisões, como os alvos achados das balas perdidas, violentados, como o perfil da marginalidade, como o corpo masculino sexualizado ou o corpo feminino erotizado nas capas de revistas e redes sociais. Em contrapartida, no dia 20 de novembro somos lembrados, chamados para falar, exaltados, celebrados por nossas conquistas e lutas.

Onde está o erro? Respondo: lá nos primórdios da história desse país. A história da escravização (sim, esse é o termo correto) e do Brasil como um todo é sempre contada por brancos. O que mal contam é que fomos arrancados de nossa terra-mãe a ferro, fogo e

Transradioativa

sangue (li, inclusive, algo sobre a mudança de rota dos tubarões, quando perceberam que carne humana e negra era jogada no mar pelos navios negreiros).

Quando se faz um simples exercício de fechar os olhos e pensar na palavra escravo, imediatamente vem à nossa cabeça a figura de uma pessoa negra. Negros e negras não tiveram oportunidade real de explanar suas histórias, costumes, raízes. Tiraram mais que nossas vidas e dignidade, tiraram nosso orgulho e nossa identidade! Consequentemente nossas oportunidades!

Até hoje há pessoas que se envergonham de sua cor, que não têm orgulho, não se identificam como negros, nem no dia 20 de novembro. É preciso celebrar a negritude dia a dia. É preciso lembrar da verdade dia a dia. É preciso eximir nossos corpos da culpa dia a dia. Só aí, talvez, se faça legítima a comemoração do dia vinte. Ter um "Dia da Consciência Negra" é legítimo e realmente necessário, sim. Luto pra isso. Mas precisamos ter 364 dias de reconhecimento, de quebra do privilégio branco, pra equiparar - e me desculpem, não é só o dia vinte que fará isso.

Se atentem, nós não somos "minorias", mesmo que nos tratem assim. Ao contrário: nós, negros e negras, somos mais de 50% da população. É pelo fato de a história ser contada pelo outro lado que conseguiram nos fazer pensar como minoria. Mas somos a maioria. Somos muito maiores!

A PELE MAIS BONITA

Dia 08 de dezembro, coincidentemente ou não, é dia de Oxum, a Orixá das águas doces, e a mulher mais bonita do universo é uma linda Sul-Africana! *Ore yeye o*! Zozibini Tunzi, da África do Sul, foi coroada hoje Miss Universo 2019. O discurso dela:

> *"As mulheres com a minha pele e meu cabelo não eram consideradas bonitas. De hoje em diante, quero que as crianças do meu país vejam seus rostos refletidos no meu".*

Pra mim, uma mulher trans preta, os concursos de beleza sempre ficarão lá no imaginário. Pra mim, o grande prêmio ultimamente, e há muitos anos, tem sido lutar pela vida. Não estou exagerando. Nem me lamentando. Nem tampouco falando sobre só de mim, mas de muitas. Estou expondo uma verdade que também é a minha. Ainda assim, não há como ficar inerte e não comemorar uma mulher linda e negra vencendo um concurso de hegemonia branca, que ao longo dos tempos e tradições destes concursos, presta tanto desserviços à estética negra e suas características.

A África do Sul é um país com sérios problemas étnicos. Mas qual país não é? Olhemos pro nosso próprio quintal e vejamos o que nos tem rondado. Desmerecer a beleza do título (porque beleza física nenhuma delas deixou de possuir), é ser um pouco (?) racista.

Transradioativa

Não assisti ao concurso, não ouvi as questões, há anos não vejo. Desisti de tentar me ver ali quando tive a certeza de que nunca me veria.

Ângela Ponci me deixou feliz, mas Zozibini me alegrou muito mais. A mulher da pele preta é a mulher mais linda do universo e vai incentivar outras mulheres, da pele preta, a se sentirem assim. Tá, há muita padronização por aí e muitas meninas que, embora pretas, não são nem um pouco parecidas com elas, podem se decepcionar. Talvez, assim como eu, ao menos, lá no fundo, terão a esperança de verem "*seus rostos refletidos no dela*".

ESCURECENDO A SORORIDADE

Que tipo de sororidade é a sua: real, virtual ou inexistente?

Há uma ou duas semanas atrás, fiz um show incrível em Porto Alegre intitulado: "Mulheres do Samba", uma tentativa de dar ve(o)z às mulheres intérpretes ou compositoras. Logo, e graças à Deusa, a maior parte do público é de mulheres. Nessa altura da leitura vocês devem estar pensando: "*lá vem ela falar sobre machismo...*", e eu respondo: sim e não.

Estava eu já com o show finalizado, recebendo abraços e beijos da plateia, tirando fotos – sim, eu faço a linha *diva acessível*, diga-se (adorei esse termo dado por uma seguidora) –, quando se aproxima uma moça, que, por acaso, aniversariava naquela noite. Entre muitos elogios, ela confessou ter escolhida aquela noite para comemoração por saber que eu estaria lá. Aí, veio a frase: "*nossa, tu é incrível, se eu pudesse eu trocaria minha vagina (na verdade ela usou outra palavra, com a letra B) - pela tua voz!*". Fiquei tão chocada com aquilo que respondi: "*seria uma troca muito injusta*", disse a ela sorrindo, ainda incrédula, ao que lógico não percebeu a minha acidez e saiu, também sorridente.

Não há uma competição entre mulheres trans e mulheres cis pra saber quem tem mais valor. Também não há um descontentamento, inveja, ou cobiça das mulheres trans pelo órgão genital das mulheres não trans. Entendam: mulheres trans não nasceram em corpos errados e muitas de nós (me incluo aqui) é bem feliz com o corpo e genital que tem. Em oposição, há de se lembrar também, de muitas de nós que têm grande disforia e não aceita a genitália. Isso não tem ligação com a cirurgia de redesignação genital, porque pra algumas a cirurgia é uma correção, pra outras não.

Colocar as palavras: "mulher" e "vagina" na mesma sentença pode parecer supernatural, mas de certa forma coloca a nós, mulheres trans, de lado, numa categoria inexistente. E olha que falando em vagina, eu nem falei nos homens trans. Isso não é silenciar ou oprimir mulheres não trans; ao contrário, é querer estar junto, fazer parte de um todo, afinal, somos todas mulheres.

Que fique escuro aqui: não quero que ninguém se sinta oprimida, silenciada ou algo do tipo por essas palavras. Afinal, vocês aqui, em sua maioria, têm vagina e eu, e muitas como eu, não têm, e está tudo bem! Somos de anatomias diferentes e não estamos competindo entre nós, apesar de ser isso o que muitos querem. Nós, trans, não somos "*coitadas desvaginadas*" nem "*(in)felizes penizudas*". Essa é só uma parte da nossa anatomia, não da nossa personalidade ou índole.

Sei que parece difícil entender e processar muitas coisas desse assunto, assim de pronto, e que ainda temos muito que falar e aprender. Por isso pergunto:

Tua sororidade é real, do tipo que quer saber, tem paciência pra ouvir, aprender e aplicar tudo?

Ela é virtual, facebookeana, instragramizada, twiterística ou googlemica?

Ou inexistente, do tipo que não sabe, não quer saber e tem pavor de quem fala disso?

Não caia na armadilha do tradicional. A tradição diz que pessoas trans são aberrações, que não temos família, e uma série de outras coisas que prefiro não citar aqui. É preciso entender, saber, sentir, e, sim, se colocar no lugar de quem fala só uns segundinhos que seja. A sua sororidade pode estar errada e você nem percebeu. Fique atenta às informações ao seu redor: você pode não estar errada, só desatenta em alguns pontos. Nos ame, não esquecendo que somos plurais. Trans, sim, mas não leve o prefixo trans como parte de nossos currículos. A gente sabe o que é, o que quer, o que tem e o que não tem; e você, será que você sabe disso?

Tenhamos sororidade com as mulheres, cis ou trans, que têm vagina; com as mulheres trans que não têm vagina, e com todas as outras pessoas. *Pessoas*, sim!, porque existem homens com vagina.

Nós, mulheres trans, vivemos os mesmos problemas de todo mundo. Somos iguais a todos e só queremos isso. Que o mundo pare, então, de nos

Transradioativa

bombardear com essas questões de gênero e sexualidade... Chega de gente descontruída, queremos poder construir algo, juntes!

Quantas mulheres trans você conhece?

Com quantas você convive?

Quantas você abraça? Beija?

A quantas você confidencia seus segredos?

Pra quantas já fez uma festa surpresa?

Com quantas já saiu pra jantar?

Tomou um porre?

Ligou bebade na madrugada?

É isso que a gente quer, ser só mais uma, com vagina ou não.

FALA REAL, FALA GUIADA

Se eu pegar uma fruta e comê-la na sua frente, você pode descrever qual o verdadeiro sabor daquela fruta? Se está doce, se está azeda...você pode?

Não, você não pode!

Você pode até sentir o cheiro dela e ver suas características: sua forma, sua cor, seu cheiro, e a partir daí ter uma noção, sua e só sua, dessa fruta. Ainda que você coma uma fruta da mesma espécie, será outra fruta. Sendo outra, tu não poderás saber todos os sentires meus. Porque não é você que está degustando daquilo, não é na sua boca que a fruta está.

Tal qual as situações de transfobia e medo. Mesmo descrevendo em detalhes, tu saberás o que descrevo, imaginarás o que descrevo, mas jamais sentirá da mesma forma.

Lembrei de quando eu, ainda criança, imaginava que todos éramos iguais, de maneira etérea, subjetiva e até mesmo fisicamente. Reviro os olhos incrédula e risonha para a minha inocência. Em uma das situações fui tomar banho com minha mãe e vendo que nossos genitais eram diferentes perguntei: "*mãe, o que é isso?*". Com um gesto de mão apontando, ela me respondeu: "*quando cresceres tu vais ter também*". Junta-se a isso o fato de que eu tinha uma tia com uma verruga no nariz que sumiu com um tipo de cauterização.

Sei lá por que, mas na época fiz uma associação meio que "*ah, vai cair quando eu crescer*". A minha imaginação era, e ainda é, muito fértil. Eu fiquei esperando a vida toda por isso, pelo dia em que iria cair. Nunca caiu. Essa "não queda" me fez ser "menino", portanto, sofrente dali pra frente.

Incrível pensar o quanto o imaginário do sentido das palavras pode causar.

A palavra travesti assusta e marginaliza de cara, ao ponto de ser substituída pela palavra "transsexual", que é um termo higiênico, de mesmo sentido, mas sem o peso "da moral". Ser travesti nos dá a realização de externalizar quem somos, mas nos coloca num certo lugar que sempre nos desoportuniza. Nos tira o direito de ir e vir, por exemplo.

Lembro exatamente do dia 31 de agosto de 2015. Era uma tarde de domingo ensolarada em que eu passeava pela Cidade Baixa, um bairro aqui de Porto Alegre. Estava feliz pelo lindo show da noite anterior, acordei tarde, fui procurar um lugar para almoçar. Um senhor negro de aparentemente uns 40 anos, bem vestido, com uma mochila nas costas discute comigo. Me xinga das mais variadas coisas: lixo aberração, coisa. Eu me aproximei pra revidar os xingamentos. No afã da discussão não percebi que ele tinha na mochila uma chave de fenda. Ele me atacou com o objeto e ninguém fez absolutamente nada. A culpa por ser atacada era minha, afinal as marginais sempre somos nós!

De tudo que ele disse uma frase não saiu da minha cabeça: "*teu lugar não é aqui!*".

Ele tinha razão. Meu lugar não era ali.

Meu lugar é falando por e com muitas iguais a mim. Ouvindo, discutindo e oportunizando falas e ações concretas. Fazendo com que as pessoas nos conheçam e percam o medo, que não tenham mais temor por coisas que nem conhecem. Que só imaginam, que só ouviram falar pela boca de outros.

Temos muito dizer e fazer. Parem de acreditar em tudo que se fala pela boca de outros como contos de fadas que não existem.

Você nos conhece porque tem medo, ou tem medo porque nos conhece?

Aproxime-se. Abrace-nos.

Nem precisa beijar sapos como nos contos de fadas, não somos fadas. Somos reais. Vocês têm medo do que não conhecem, nem se permitem nos conhecer.

Não queremos invasões cerebrais ou mudanças de comportamento. Queremos ser invisíveis, reclamar do tempo, do calor, do preço alto do pão.

Ao contrário do que vocês pensam, não queremos destaque. Queremos o lugar comum. Estar aqui e ali junto a vocês. Queremos ser o "vocês".

QUAL A COR DO TEU NEGÓCIO?

Tá bom, eu sei que essa pergunta soou tri capciosa. Mas calma, calma, eu vou explicar. Passei por um estabelecimento comercial aqui em Porto Alegre que em sua fachada tinha uma enorme bandeira LGBTTQI+. Minha curiosidade, aliada à minha "militude", quase me empurrou pra dentro do local, para ver como era lá, saber quem eram os proprietários, e, principalmente, os funcionários. Há um considerável número de empresários LGBTTQI+ por aqui, mas é muito curioso observar que o quadro de funcionários quase sempre destoante dessa realidade. Nota-se um quadro funcional preferencialmente cis e branco, em quase todas essas ocasiões. Felizmente nesse local todos os "quesitos" foram preenchidos, proprietários e funcionários estavam "dentro da sigla".

Não pensem que estou sendo segregadora, nem tentando acirrar ou "guetizar" todo e qualquer lugar que se diga "*LGBTTQI+ friendly*", mas é preciso estar bem atento a quem se preocupa com o bem-estar dessa comunidade, e quem quer pura e simplesmente surfar a onda do "Pink Money".

PINK MONEY: é a renda e a movimentação de valores monetários que a população LGBTTQI+ gera, em todos os aspectos e segmentos da sociedade e do comércio em geral.

Ora, bem se sabe que casais gays consomem mais cultura, entretenimento, vão mais a restaurantes. Casais lésbicos, idem, casais trans, idem. É notório o interesse do empresariado nessa "fatia do bolo com muito recheio". Da mesma maneira o afro-empreendedorismo criou a expressão "*Black Money*", ou seja, o dinheiro que a população de cor negra, e aqui coloco os fenotipicamente negros ou autodeclarados, gere em sua totalidade. Incluem-se aí eventos culturais, cursos, eventos e o tão farto ramo da beleza, que dia a dia traz novidades em produtos específicos para pele e cabelos da população negra.

A cor do seu dinheiro importa, sim! Ela pode ser rosa, ou preta - e confesso que não sei se há outras cores, mas certamente há - e é importante posicionar-se em relação a isso. Consumir, gastar e gerar renda com o nosso dinheiro é também estar atento a quem esse dinheiro vai e o que é feito com ele. Uma empresa que coloca a bandeira do arco-íris na porta tem sim que estar atenta às legislações, aos cuidados com pronomes, às sinalizações de banheiros e, principalmente, à violência, tão presente no cotidiano dessa população.

A população negra está cada vez mais atenta e informada sobre seus direitos e deveres e sabe, mais que nunca, o valor do seu suor e, portanto, deve cobrar sim um posicionamento "escuro" do empresariado. Funcionários negros, bem pagos e com equidade salarial, com suporte a cursos e cultura geral, fazem sim

Transradioativa

uma enorme diferença. É louco ter de explicar o óbvio, mas o faço mesmo assim: ou se empregam negros e negras por sua capacidade ou se está repetindo a história. Ou se empregam travestis, gays e lésbicas e os fazem ter dignidade, ou não terão nosso dinheiro.

Ao menos o meu, não!

Sexualidade e gênero não são osmóticos, seu preconceito é.

VISIBILIDADE PRA QUEM?

Considero o Dia da Visibilidade Trans um dia importante de lembrança, mas inútil ao que se propõe. Afinal, para se buscar visibilidade, precisaríamos estar invisíveis, e nós estamos bem visíveis. Explico...

Toda vez que uma mulher cisgênera impede a entrada de uma mulher trans no banheiro para fazer suas necessidades fisiológicas, ela enxerga muito bem essa mulher trans.

Toda vez que um homem trans é questionado sobre sua genitália, ele é bem visível aos olhos de quem o questiona.

Toda vez que você nega emprego a uma pessoa trans, torna bem visível o lugar dela: longe dali.

Toda vez que você sexualiza um corpo trans, você o torna bem visível aos seus desejos.

Toda vez que você desmerece uma pessoa trans porque ela tira seu sustento através do trabalho sexual, você deixa bem visível o que você pensa e o lugar desta pessoa a teu ver.

Toda vez que você desmerece pais ou mães trans, ou que têm o desejo de sê-lo, você deixa visível que nos quer ver sozinhes e sem família.

Toda vez que um corpo trans morre com requintes de violência e crueldade e tu não dás a mínima, tu nos torna bem visíveis a tudo que nos oprime e nos espera: a cova rasa e sem nome, ou com nome e gênero diferente do que reivindicamos.

Toda vez que você nos nega os pronomes de tratamento correto, tu tornas bem visível a nossa existência e atesta o quanto ela é errada e sem sentido.

Visíveis, nós somos.

Invisíveis vocês já nos tornaram.

É preciso entender que aquilo que tu sempre tiveste como direito, não pode ser oferecido como privilégio quando é dado a nós, pessoas trans. Nossa existência persistirá, quer você queira quer não. Ainda que cortem nossas flores, folhas e galhos, sobreviveremos porque temos raízes.

Admita, realmente, que tem privilégios e não faça disso uma bandeira. Você não ajuda na causa trans por admitir que tem privilégios, mas por questionar o porquê nós trans não temos os mesmos direitos.

Ser trans não é modismo, é luta para provar sua própria existência.

E olha que a gente nem quer tanto assim: a gente só quer ter os mesmos problemas de todo mundo e não ter que ficar explicando gênero e sexualidade todo tempo.

Visibilidade para quem?

Já se perguntou isso hoje?

PROFESSORA, EU POSSO IR AO BANHEIRO?

Me lembro muito dessa pergunta, nos idos anos 1980 e 1990 quando eu, criança e adolescente, levantava a mão constrangida no meio da aula. Muitas vezes esse simples pedido, que em outros casos nem era ouvido pelos colegas, na minha vez se tornava uma diversão: "*vai fazer xixi sentado ou em pé?*", "*vai no banheiro de guri ou de guria?*".

Me lembro quantas vezes cheguei ao ponto de quase urinar na roupa com medo de pedir pra ir ao banheiro. Medo esse que, às vezes, tinha muita razão de ser. Uma vez que tomei um soco no estômago de um colega por estar, segundo ele, olhando demais no banheiro. Outra vez foi o contrário: um menino mostrou sua genitália, oferecendo, como se eu quisesse ou estivesse ali pra isso.

Quando, depois da transição, comecei a usar o banheiro feminino, os constrangimentos não pararam. Comentários do tipo "*ah tu não precisas papel né, tu tens pau!*" ou "*agora é essa palhaçada, tá na hora de inventar um banheiro pra essa gente!*". Ledo engano pensar que isso mudaria. E lá me vi eu, mais uma vez evitando ir ao banheiro pra evitar constrangimento.

Pensem bem, caros leitores: eu tenho que evitar ir ao banheiro porque algumas pessoas pensam que o fato de eu estar lá é pra fazer outra coisa que não necessidades fisiológicas. Que mente doentia é essa?

Analise esses perfis em redes sociais, ou onde for possível, e descobrirás: defensores da moral e bons costumes – que eles pregam, mas não usam. Eu, nunca em minhas fantasias sexuais mais estranhas, pensei em outra coisa que não ir ao banheiro fazer o "número um" ou o "número dois" – que ironia, já vi pessoas públicas assim denominadas.

Sou uma mulher trans, não um tipo de tarada, serial killer das cabines de banheiro!

Impossível não lembrar do relato de uma amiga trans que me contou ter adquirido um problema urinário de tanto segurar o xixi na faculdade onde estudava. Ela, já transicionada, era hostilizada ao usar o banheiro feminino, e sofria violência no banheiro masculino – o qual, independentemente disso, não faria sentido algum frequentar. Resolvi tocar nesse assunto, claro, em virtude do episódio sofrido por uma mulher trans num shopping. Lastimável, triste, chocante, mas não incomum no nosso meio. A violência, o escárnio e a negação do direito básico: fazer as necessidades fisiológicas são comuns pra nós.

Tá, mas qual a solução pra isso?

A solução é simples: vá ao banheiro pra fazer xixi e cocô (ou lavar as mãos, principalmente em tempos de pandemia).

Antes de mais nada, responda mentalmente:

Eu vim fazer o que aqui?

Se a resposta for xixi, cocô ou lavar as mãos, tá certo; outra, tá errada.

Eu já fui impedide de entrar nesse banheiro?

Se a resposta for sim, proteste; se for não, faça xixi ou coco, lave as mãos, e saia.

Uma mulher trans no banheiro feminino vai fazer o quê?

Essa eu respondo: xixi, cocô e lavar as mãos.

Mas eu não me sinto à vontade.

Procure um médico que cuide de bexiga e intestinos, se o problema for fisiológico, ou psicólogo, se o problema for outro.

Banheiro é pra fazer necessidades e nós, mulheres trans, sabemos disso. Por mais incrível que pareça pra você, usamos o banheiro pra isso. Se você acha que usamos pra outras coisas o problema é seu.

Nesse caso, aliás, a ameaça é você.

ISOLAMENTO É CONF(OR)RONTO..

A epidemia que tem nos assolado é assunto em todo lugar, aqui e acolá. Novamente vemos, em número considerável e se proliferando quase de maneira tão rápida quanto o vírus, os especialistas em pandemia, saúde e psicologia. Um bilhão de mensagens no celular, mais meio milhão nas redes sociais e por aí afora. A "Faculdade Mark Zuckerberg de Opiniões Aleatórias" não descansa, continua a formar pessoas embasadíssimas em seus discursos, usando fontes duvidosas e sem nenhuma base científica. E, assim, o bom senso manda lembranças.

Isolamento, pra mim, no início da vida escolar e por toda ela, não era uma tarefa fácil, mas a única opção que tinha. Era isso ou o *bullying*, as ofensas, as violências físicas e psicológicas. Nessa época, o isolamento era uma bênção.

Na adolescência, não foi diferente. Milhares de situações me isolavam de tudo e todos. Perdi a conta de quantas vezes fiquei em casa quando todas as minhas amigas estavam se arrumando pra ir às festinhas, beijar o seu carinha. Pra mim, era sempre um "*não tenho grana*" ou "*não tenho roupa pra sair*". Ambos verdade absoluta e constante.

A vida adulta me trouxe mais autonomia e plenitude em eu ser eu. Me posicionar, enquanto uma mulher trans, me fez ver, sentir e querer coisas muito diferentes do que almejava quando criança ou adolescente, e passei a valorizar cada minuto sozinha. Antes, o meu entorno repleto de gente tóxica me fazia valorizar, por um segundo que fosse, o momento que estava com alguém que realmente valia a pena: eu mesma. E foi muito difícil perceber tudo isso: o quanto estar sozinha, comigo e meus pensamentos, era bom. Até então, eu via sempre como um sofrimento, um castigo, uma dor. E, isso, é exatamente o contrário.

A paz da tua companhia é valiosa e você nem sabe.

É preciso entender o medo das pessoas a esse tipo de "solidão temporária consigo mesmo". Confrontar-se é tarefa muito difícil. Ver a si pode ser doloroso e cruel. A visão de si não é tão bonita, quase nunca é. E aí está o xis da questão: as pessoas têm medo de isolarem-se porque dessa maneira fica impossível não confrontarem a si e verem suas reais faces e não aquelas que mostram aos outros. É preciso ser muito forte pra isso. Força que eu, por exemplo, adquiri em anos de isolamento e "solidão compartilhada" comigo mesma. Não digo que pra passar "de boas" por essas coisas é preciso ter vivido situações ruins, mas se você não consegue ficar sozinha, certamente faltou o exercício de conviver consigo durante a vida.

Entendo que há muita gente que não tem estrutura emocional pra isso e não consegue fazê-lo. Pode

Transradioativa

até mesmo sucumbir a tristeza, se matar. Não digo que gente que não consegue ficar sozinha é fraca, ou tão maldosa que vê uma face horrenda de si próprio e se assusta ao ponto de não querer se ver mais. Digo que são pessoas, e por assim serem, diferentes umas das outras, com diferentes tolerâncias ao novo. Cabe a nós acolher e não julgar.

Ainda assim, ame sua companhia.

Se acarinhe, faça coisas pra você, se fortaleça! Só estando forte por dentro e bem consigo que será possível ajudar o seu entorno. Você é maravilhose, desfrute da sua companhia. Isolamento é confronto, mas pode e deve ser conforto!

A ARTE SALVA

Acredito ter lido ou visto essa frase em alguma pichação por aí. Aliás, as pichações parecem previsões nostradâmicas, ao menos pra mim. Lembro de algumas em especial. Uma lá de Santo Ângelo, minha cidade natal, que dizia: "*âte mulheraredo*". Nunca entendi isso e achava até estranho. Fiz mil teorias da conspiração sobre. Sigo sem saber o que é. Hoje, penso ser algo feminista, transfeminista, e fico feliz.

Outra que me lembra coisas boas é uma aqui de Porto Alegre, onde vivo atualmente: "*enquanto te exploram, você grita gol*". A força dessa pichação me veio como um soco e virou um mantra em mim, para mim. No Rio, vi uma que dizia: "*não fui eu*", e essa, em especial, me veio como uma explosão mental quando essa pandemia foi anunciada. Porque todo mundo reclamava, falava mal, procurava um culpado como se estivesse dizendo exatamente isso: não fui eu.

Nostradâmica.

A arte está nos salvando, sim.

Somos nós, artistas, que estamos distraindo crianças e adultos. A arte do livro de colorir que faz passar o tempo. A música do karaokê virtual, esse aí em que tu cantas "Evidências", também é arte. Os livros que você lê pra passar o tempo são arte. Os vídeos engraçados, os vídeos tristes, as correntes cheias de bichinhos e até as *fake news* são arte - uma arte naquele sentido que nossas avós falavam...

Já tá fazendo arte, seu arteiro?

Tá aí. Os avôs e avós, maiores alvos de tudo isso, estão fazendo arte à sua moda. Tentando demonstrar autonomia. Eles nunca estiveram em tanto destaque, agora que são grupos de risco. Talvez muitos de nós nem lembrassem da existência deles nos asilos, nas ruas ou dentro de suas próprias casas.

Agora eles fazem arte trançando pernas nas ruas. Culpa sua que não deu atenção quando mereciam e agora quer dar lição de moral.

Artistas, como eu, fazem arte e nem pensam.

Eu até abstraio o meu aluguel, o meu cartão a pagar, as contas de água, luz, a geladeira que dia a dia parece uma boate, só luz e fumaça. Venho pra internet pra fazer poesia, música e arte. O amanhã é incerto, mas, pra nós, artistas, quando ele foi certeza?

É muito aplauso e pouco saldo. Sempre!

Somos os loucos desvairados e sem noção, mas cheios de amor e contas. A gente dá o que tem. Vocês recebem o que precisam e devolvem, se puderem. Mas não esqueçam: precisamos pagar nossas contas também. Todos precisam. O mundo deixa bem escurecido que estamos todes no mesmo barco. Remar juntes é a melhor solução. Que tal tentarmos?

A arte salva, mas quem salva os artistas?

E esse bando de doidos, trabalhando pra colocar um pouco de sanidade na vida de hoje em dia. Artistas, à sua maneira: enfermeiros, médicos, profissionais da saúde... Eles não têm outra opção: ou nos salvam ou nos salvam, e você faz o quê? Ri, faz piada, ignora, tripudia. Sai pra rua, dissemina besteiras...

Quanto aos pichos, deixo um que fala sobre loucos: "*ser louco é a coisa mais sensata*". Mas, veja bem, não dá pra chamar de loucos pessoas com muita sanidade e discernimento, mas pouca noção. Todos temos exemplos de uns e outros que de louco nada tem, só maldade mesmo. Idiotice e tosquice. Se ajudem, nos ajudem, sejam loucos e se amem. Não sejam idiotas, não coloquem outras pessoas em risco. Como diz Negra Anastácia no livro "Ilustre": "*louco pode ser tudo, menos idiota*".

TRANSGRESSÃO

ou

TRANS
AGRESSÃO

> **TRANSGRESSÃO**: substantivo feminino. Ato ou efeito de transgredir. Geologia: avanço do mar sobre áreas litorâneas, em virtude de elevação do nível do mar ou de movimentos de afundamento da zona costeira. Origem etimológica: lat. Transgressĭo,ōnis 'ação de passar de uma parte a outra, de atravessar; violação, infração'.

Em: https://www.dicio.com.br/transgressao

Mas, afinal: transgredir... Qual a razão dessa palavra?

Começo esse texto, tentando explicar a palavra transgressão por muitas óticas e atentando para a incongruência dos próprios significados. O site dicio.com.br traz duas curiosas interpretações: a etimologia da palavra fala em "passar de uma parte para outra", "atravessar", conceito com o qual simpatizo, pois nos dá a sensação de movimento, de agitação, e isso em tempos de "quem cala consente" é muito bom. Depois nos coloca a par do óbvio: "ato ou efeito de transgredir", e em seguida nos mostra o conceito da geologia: "avanço do mar sobre áreas litorâneas, em virtude de elevação do nível do mar ou de movimentos de afundamento da zona costeira", o que, ao meu ver, define bem meu conceito de transgressão. Avançar, mudar a geografia, a situação, tirar da zona de conforto, e modificar o entorno com forças, ideias e ideais.

O dicionário dá o conceito que permeia o imaginário do todo: "*significa fazer algo errado, fora da lei, desobedecer, violar*", e vejo aí algo que explica o conceito do popular, de tudo e de todos (ou quase todos), da voz das ruas, da informalidade.

Por fim, nos explica que transgressão é um "substantivo feminino", e aí, vejo de maneira muito otimista e feminista, a força da mulher nas modificações do mundo, do entorno e da sociedade em si. Todas essas explanações nos levam a pensar:

A arte é realmente transgressora?

Corpos trans são transgressores?

O que são corpos parlamentares??

Que ligação corpos trans, a transgressão e a arte têm afinal?

A ARTE É REALMENTE TRANSGRESSORA?

A arte em si é considerada a forma mais marginal de expressão. Vê-se isso como uma tentativa de colocar em patamar despiciente o que tal manifestação realmente pretende fazer. Ora, vejamos: a arte em si, e aqui pedindo licença para legislar em causa própria, falando especialmente da música, tem o dever de explicar, expor, de maneira subliminar em muitas ocasiões, situações de suma importância para a elucidação de dramas sociais. Artistas vêm há anos tentando expor seus próprios dramas, e mais que isso, dramas que os rodeiam, suas vivências, frustrações e problemas. Para mais, expor de maneira colorida e poética, melancólica e sombria, suas dores e dissabores.

É fácil identificar-se de maneira fidedigna àquilo que o artista tenta dizer. Quantas vezes você já ouviu uma música e teve a impressão de que ela foi feita e composta pra você? Leu um poema, texto, ou conceito que tem palavras e frases quase idênticas ao teu pensamento? Nesse caso, care leitore, tenha certeza de que é a arte desenvolvendo com maestria seu papel: provar a todos que somos mais parecidos do que pensamos, independente das diferenças sociais, físicas, emocionais ou de gênero.

Trago aqui o exemplo da canção de Chico Buarque, **"Geni e o Zeppelin"**, a qual, ainda que de maneira subliminar, traz a realidade de uma pessoa trans e embora conte a realidade dessa pessoa em detalhes, fala também das mazelas e da hipocrisia de uma sociedade que condena ao seu bel-prazer e santifica, quando lhe é conveniente. Traz à tona a realidade nua e crua de uma sociedade que se vê diante da necessidade de salvar a própria pele quando a única maneira é por intermédio da mesma pessoa que condena.

É evidente a identificação de muitos quando não se sabe do que se trata a letra da canção com exatidão. Evidente, também, é a repulsa quando se descobre do que a música fala. Aí, vejo um importante ponto de transgressão: se fazer colocar no lugar dos outros, "transpor" sua realidade à realidade alheia, quase como um reflexo. As letras das músicas equivalem as pessoas, as equipara. E isso, na minha opinião, é transgressor. Você pode ouvir "Geni e o Zepelim", composta para uma pessoa trans, usando o QR-Code ao lado com o leitor do seu celular.

Cabe ressaltar, também, que movimentos sociais, de revolução e mudanças, surgiram a partir de movimentos artísticos - e aqui cito especialmente os grandes festivais de música dos anos 70 e 80, onde despontaram grandes nomes de compositores e interpretes que, com suas canções repletas de duplo sentido poder burlar a censura da época, nos deixaram um grande legado, o que também nos traz uma boa pitada de transgressão.

Eles usavam a música para expor as crueldades da ditadura, da falta de liberdade de expressão e tudo mais que fosse considerado aprisionador. A censura não percebia as sutilezas, que tinham por objetivo dar uma dose de ânimo e estímulo para que a sociedade acordasse. Canções como "*Apesar de Você*", de Chico Buarque, "*Vapor Barato*", de Jardes Macalé, "*Jorge Maravilha*" de Chico Buarque - que diziam ter sido feita para a filha do ex-presidente Ernesto Geisel, versão desmentida pelo próprio autor, mas que ficou grudada no imaginário da população - mostravam uma clara vontade do povo de dizer isso. Nos últimos tempos, especificamente nos anos de 2016, 2017 e 2018, uma gama de novos artistas surgiu com intenções semelhantes, hoje de maneira mais clara, já não tão – mas, ainda, por vezes –, censurada. Nomes como Liniker, Jhonny Hooker, Linn da Quebrada e toda essa nova geração de artistas cheios de coisas pra dizer.

De tudo tenho certeza e afirmo: a arte é transgressora, e, não por acaso, é um substantivo feminino, capaz de passar algo de um lado ao outro, que infringe, viola, atravessa e diz muito. Subliminarmente, ou nem tanto assim, escancarada num refrão protestativo.

CORPOS TRANS SÃO TRANSGRESSORES?

A transgressão atribuída aos corpos trans é muito controversa. O Brasil, segundo dados de entidades defensoras dos direitos de pessoas trans, é o país que mais mata pessoas trans no mundo, no qual elas têm uma expectativa de vida de 35 anos, poucas oportunidades de vivência social e de trabalho. Beiram a marginalidade, com raras exceções de pessoas bem-sucedidas e de exemplos que "transpassam" esse número de faixa etária. Em contrapartida é o país que mais consome pornografia trans, segundo fontes especializadas de pesquisa[2]. Esse contrassenso nos coloca num dilema: o país que mais consome é o que mais mata e menos oportuniza.

Onde está o erro? Nos corpos dessas pessoas ou no desejo da população que aponta o dedo e torce o nariz?

Pressupõe-se que a liberdade de expressão, tão exaltada pela nossa constituição, seja válida para todos. Nesse sentido, a vontade dessas pessoas de corpos trans não é de expressar um desejo num tom cômico ou debochado. O transgredir desses corpos, e preciso me ater à ironia do sufixo trans em "transgredir", nada mais é do que externar um desejo legítimo de ser por fora quem se é por dentro. A população, em

---

[2] https://revistahibrida.com.br/2020/05/11/o-paradoxo-do-brasil-no-consumo-de-pornografia-e-assassinatos-trans

geral repudia o que desconhece e, por não conhecer, também não faz questão alguma de tomar ciência real do que repudia. Somos, sim, um grande arremedo de conceitos adquiridos durante a vida. Nossos conhecimentos são limitados às coisas do nosso entorno e das nossas vivências – e é pra esse ponto que chamo a atenção.

As pessoas trans permitem-se sair de seus casulos pré-estabelecidos e experimentam vivenciar outra realidade que não era a que elas faziam parecer ao mundo exterior, mas que, apesar de tudo, desde sempre fora sua realidade interior. A transgressão tão falada desses corpos se encaixa perfeitamente no conceito geológico da palavra "transgressão" que diz: *"...avanço do mar sobre áreas litorâneas, em virtude da elevação do nível do mar ou de movimentos de afundamento da zona costeira"*. Vejo isso da seguinte maneira: a pessoa trans (mar) sobrepõe suas vontades, vivências, dores e anseios sobre as vontades da sociedade que impõe padrões (áreas litorâneas), tudo isso porque suas vontades ultrapassam qualquer tipo de conceito ou entendimento preconcebido pela sociedade ou seio familiar. É algo tão forte e tão legítimo que se derrama de dentro de si (como o nível do mar que sobe e não consegue conceber limites da areia), ou quando o seu entorno não diz, oferece ou soma, nada nessa vivência (mostro o entorno aqui como o afundamento da zona costeira).

Fica evidente, a meu ver (e falo da minha própria vivência como mulher trans), que a transgressão nesses casos é vista como "agressão". Corpos trans são tidos como agressivamente fora dos padrões, ofensivos, marginais, subversivos, ininteligível, e sempre marginais. Corpos trans são considerados transgressores, ou "*trans agressores*", por não se encaixarem no senso comum, por saírem de sua zona de conforto e buscarem, mesmo que sem apoio, uma maneira real de existirem.

Numa sociedade falocêntrica, é comum pensarmos que somente as mulheres trans é que sofrem isso, por terem abandonado o direito supremo de serem a ponta da pirâmide de importância. Esquecemos, muitas vezes, dos homens trans, que sofrem tanto, ou mais: primeiro pelo desvio da falocentria e, segundo, pela invisibilidade. A sociedade que não compreende, subjuga esses corpos de várias formas e com muitas "razões (in)plausíveis". Nelas, mulheres trans nunca serão mulheres, porque não nasceram com atributos físicos e cromossômicos para assim se denominarem (*não têm útero, portanto, não podem ter filhos; ainda que façam as facultativas cirurgias estéticas, nunca serão mulheres etc.*). Ignorando de maneira cruel boa parte da população com quebras genéticas, esterilidades, intersexualidades, e, até mesmo, condições financeiras, esquecendo que grande parte dessa população sobrevive à margem por imposição da própria sociedade, que não

Transradioativa

lhes oportuniza. Homens trans também não serão homens pela "falta do pênis", ou porque enquanto "mulheres de nascimento" não tiveram uma satisfatória relação sexual com um "homem de verdade".

As situações acima são apenas uma pequena parte dos recorrentes julgamentos, apontamentos e pré-conceitos inquiridos a esses corpos. É preciso esclarecer a população sobre como é possível saber de tudo isso no convívio e aproximação dessas realidades, desses corpos trans. Sexualidade ou o gênero não são osmóticos, e que fique claro: sexualidade, genitália e identidade de gênero são coisas muito distintas.

IDENTIDADE DE GÊNERO
É A MANEIRA COMO VOCÊ SE ENXERGA,
O GÊNERO QUE SE IDENTIFICA COMO SENDO O SEU

Homem   *Pessoas que se identificam com mais de um dos gêneros, como travestis e não-bináries, ou com nenhum deles*   *Mulher*

ORIENTAÇÃO SEXUAL
INDICA POR QUEM VOCÊ SENTE ATRAÇÃO

Homossexual   *Bissexual*   *Heterossexual*

SEXO BIOLÓGICO
É A SUA GENITÁLIA E OS CROMOSSOMOS DO SEU DNA

Macho   *Intersexual*   *Fêmea*

De tudo isso, a resposta para a pergunta invisível é simples: corpos trans existem, vão existir e sempre existiram. Ignorar essa realidade, transgredindo à transgressão de tudo isso, nada mais é que uma "agressão trans": uma agressão gratuita e ignorante, que ataca sem conhecer as realidades e particularidades de cada pessoa.

É preciso entender o sentido que está nas entrelinhas da frase "*transgressão dos corpos trans*" e nunca o aceitar como "*agressão aos corpos trans*". É preciso informação, conhecimento, aproximação, convivência. A diversidade de corpos trans pode sim "entender" o estranhamento, a falta de compreensão e até mesmo a não aceitação de si perante a "sociedade normal", mas nunca, em hipótese alguma, entenderá ou aceitará falta de respeito.

O QUE SÃO CORPOS PARLAMENTARES?

> **CORPO:** substantivo masculino. Constituição ou estrutura física de uma pessoa ou animal, composta por, além de todas suas estruturas e órgãos interiores, cabeça, tronco e membros.

Em: https://www.dicio.com.br/corpo

> **PARLAMENTAR:** verbo transitivo indireto e intransitivo. Realizar um acordo através de negociações, de conversas.

Em: https://www.dicio.com.br/parlamentar

O conceito sobre "corpos parlamentares" surgiu numa conversa com a escritora Elisa Lucinda, na qual ela dizia que as "pessoas pretas" e em especial as "pessoas trans", assim como eu, têm corpos parlamentares. Esse conceito pauta o seguinte: *é quase impossível, de imediato, dissociar a nossa imagem daquilo que somos.*

Com isso, Elisa Lucinda quis dizer que "corpos parlamentares" são corpos que falam por si, expondo assim suas vivências e peculiaridades. Isso pode soar redundante, porém é preciso se ater ao fato de que, a partir daí várias leituras são feitas desse corpo. Tudo aquilo que se vê, lê, ouve, ou replica há anos sobre esse corpo é interpretado, às vezes, em leituras preestabelecidas. Uma mulher negra que adentra um ambiente comum, de pessoas não negras, dispara imediatamente em todos que estão à sua volta seus conceitos e preconceitos atribuídos à população negra e em especial ao que diz respeito a essas mulheres, não sendo diferente dos conceitos disparados a uma pessoa trans que adentra um espaço de pessoas não trans.

Ao adentrar um espaço comum, de pessoas não trans, esse corpo estabelece ali uma conexão visual, imagética e conceitual. Todos os conceitos atribuídos a esses corpos trans são instantaneamente ativados, e cabe lembrar que nem sempre tais conceitos fazem estabelecer uma boa relação com seu entorno. É importante ressaltar, ainda, no caso de pessoas trans, um termo muito usado e que não me agrada em nenhuma instância: a *passabilidade*. Um corpo trans quando entra em determinado ambiente e não é identificado como um corpo trans, mas sim como um corpo não-trans / cisgênero, passa por em uma espécie de mimetismo, uma mistura, uma invisibilidade. Porém - e longe de ser *um simples porém*, mas uma regra -, quando se revela que esse é um corpo trans e, portanto, não semelhante aos demais, a comunicação desse corpo parlamentar muda abruptamente. Se antes bem aceito ou despercebido no ambiente, ao revelar-se trans este mesmo corpo passa a ser alvo de curiosidade, julgamentos inquisitivos e, em muitos casos, desrespeito e rechaço.

Resumidamente, um corpo parlamentar é um corpo que passa uma mensagem, fala algo ao adentrar um ambiente. A principal diferença é que quando esse ambiente é de convívio comum a esse corpo, a mensagem é lida de uma forma; já quando é um "ambiente estranho", geralmente a mensagem é lida de outra forma completamente antagônica, embora a mensagem desse corpo seja idêntica em ambas as situações.

Corpos parlamentares são corpos que falam por si.

É interessante ressaltar que o dicionário ainda define que a palavra parlamentar é um "adjetivo de dois gêneros", o que, apesar de não contribuir com o não-binarismo de uma parte da população trans, traz um trocadilho perfeitamente plausível ao tema.

Que ligação corpos trans, a transgressão e a arte têm afinal?

A ligação de todos esses temas é mais simples do que se imagina. A arte enquanto instrumento de transgressão milenar, está finalmente sendo usada por quem de fato deveria tê-la usado (e mesmo que subliminarmente) como ferramenta a seu favor: as pessoas trans. No fim do ano de 2017 surgiu na música um movimento denominado "MPBTrans", depois de uma entrevista dada pelo então deputado Jean Wyllis À Revista

Trip[3], numa tentativa de explicar a efervescência de pessoas trans na música naquele ano e nos anos anteriores. Encabeçado por **Liniker, Valéria Houston** - meu nome artístico à época da entrevista de Jean - e **Linn da Quebrada** - seguides por uma dezena de outres, o Movimento MPBTrans tem por objetivo dissipar dúvidas no que diz respeito à cultura da comunidade trans, incluir esses corpos na sociedade, retirar rótulos preestabelecidos (marginalidade, inexistência, exclusão, entre muitos outros) e colocar tais assuntos em pauta, muitos deles considerados tabu e até mesmo passíveis de proibição.

Liniker surgiu com um visual andrógino e letras que remetiam ao amor entre iguais e à ideia de que é possível sentir-se atraído por um corpo trans (e que tal decisão não vai te fazer alguém vindo de uma outra dimensão). Brincadeiras à parte, o pontapé inicial foi dado e uma série de outras pessoas surgiram em suas especificidades. Liniker, antes andrógina, pouco tempo depois assumiu-se plenamente como uma mulher trans. A música "*Zero*" fala um pouco sobre isso, acesse o QR-Code ao lado para ouvir.

---

[3] https://revistatrip.uol.com.br/trip-transformadores/trip-transformadores-2016-jean-wyllys-fala-sobre-um-novo-movimento-musical-o-mpbtrans

Transradioativa

Já **Linn da Quebrada** se utiliza do discurso político e sem papas na língua, usando e abusando de letras de duplo sentido. Com muita inteligência, tornou-se porta voz das "*pessoas trans pretas da favela*". Suas letras denunciam a violência e a realidade de muitos corpos trans oriundos de comunidades, suas mazelas, violências. É, no momento, uma grande voz da letra "T" na sigla LGBTTQI+ (*lésbicas, gays, travestis, transexuais, queer, intersexuais e mais*), sendo premiada no Brasil e no exterior por seus trabalhos na música e no cinema. A música "Bicha Preta" fala sobre isso, ouça acessando o QR-Code ao lado.

Valéria Houston, por sua vez - agora me sinto estranha em falar de mim na terceira pessoa - trouxe a canção "*Controversa*", composta por Adriana Deffenti, que explica com clareza e bom humor (características não minha, mas de boa parte da população trans), o sentimento que se apossa dessas pessoas em entrar em ambientes diferentes do seus. Valéria tem sua trajetória pautada pelo preconceito da cor e do gênero desde a infância, engajando seu trabalho na militância pró-LGBTTQI+ após sofrer uma facada no centro de Porto alegre, no ano de 2015. Também foi muito premiada em todo o país e foi a primeira mulher transexual a receber o título de "mulher cidadã" por serviços prestados a cultura no ano de 2016. A canção "*Controversa*"(acesse o QR-Code e assista ao vídeo) deixa evidente o quão parlamentares são os corpos das pessoas trans ao adentrarem ambientes hostis, e evidencia o desejo de todos esses corpos: seres pessoas comuns, com os problemas comuns do cotidiano, sem que esses problemas sempre perpassarem suas sexualidades ou identidades de gênero.

Em suma: a arte tem por objetivo aproximar todas as realidades, independente de seus corpos, sexualidades ou gêneros, de maneira subliminar, por muitas vezes, e usando de ferramentas que unam a quase todas. Nesse caso, em especial, a música é o que chamo de "*militância não militarizada*". Pense comigo sobre o exemplo a seguir: imagine querer falar sobre corpos trans, suas especificidades, anseios, sentimentos, violências sofridas e tudo que tange a isso. Ao usar de um panfleto pra comunicar tais tópicos (por mais lindo, colorido ou interessante que ele seja) poucas pessoas lerão; algumas, lerão sem se ater ao que ele realmente diz; a maioria, porém, o jogará fora. Em contraponto, pensemos: imagine ouvir uma canção, assistir a um show musical, uma peça de teatro, ler um livro escrito por uma pessoa trans. Essa mesma mensagem chegaria de maneira muito mais rápida e efetiva, e, a meu ver, causaria o impacto necessário pra que o objetivo fosse alcançado: o entendimento e a junção de todo e qualquer tipo de corpo num bom convívio. Um panfleto é jogado fora, uma música é guardada na mente, na alma e no coração.

Eis o papel da arte nessa grande teia de transgressão: transmitir, de maneira leve, a mensagem de que corpos trans são corpos como quaisquer outros. Que as pessoas que detêm esses corpos têm muito a dizer, contribuir e aprender. A ligação entre transgressão, corpos trans e arte está na ferramenta usada e, no caso, a que me sinto mais à vontade para falar: a música. Uma canção toca a alma, mexe com nosso imaginário e nos traz identificação, quase que em sua totalidade. E é exatamente este o objetivo de tudo isso: usar da "*arte das trans(gressoras)*" pra acabar com a "*agressão às trans*". A trans-agressão, por sua vez, está mais nos olhos de quem vê e nos conceitos pre-estabelecidos por uma sociedade heteronormativa, do que nos corpos das pessoas trans. Parafraseando Caetano Veloso, apesar de "*cada um saber a dor e a delícia de ser quem é*", os corpos trans só estão, no momento, saboreando a dor e lutando por saber a delícia de quem se é.

Corpos trans nem sempre são transgressores, mas são, em sua maioria, agredidos em sua integridade física ou emocional. Têm cerceados de seu direito de ir, vir e muitas vezes, de sentir.

ENSAIO SOBRE A CEBOLA
(OU SOBRE AQUILO QUE É ÓBVIO)

Pensar uma sociedade igualitária, com equidade de oportunidades, o bem cumprir de deveres e garantia de direitos a todos, sem exceção. Poderíamos parar agora, com toda essa dissertação ensaística, afinal essa frase já bem resumiu aquilo que é necessidade óbvia. Mas 2020 é o ano de explicar obviedades e requer sutilezas escancaradas, explicações repetidas e defesas que, mesmo parecendo exauridas em argumentos, devem ser refeitas até nova exaustão.

Há a necessidade de um olhar apurado e delicado para um conceito citado pela atriz e educadora de beleza Magô Tonhon, que disse certa vez: "*somos tal qual cebolas, cheias de camadas que nos formam. A primeira, e mais fenotípica, nem sempre é a determinante naquilo que define ou ainda inclui ou exclui da sociedade. Tal qual não pode existir uma cebola oca e sim uma com suas camadas justapostas, uma pessoa tampouco pode sê-lo*".

Esse conceito impressiona pela simplicidade e magnitude de alcance, ao explicar que toda e qualquer "camada" do ser humano, ainda que pareça determinante para sua vida social, é só uma parte dele. Ainda que, e por mais junto a outras características, coloque esse ser humano em algum lugar (recorte) ou o retire por completo dele.

DESCASCANDO A CEBOLA

Pensemos primeiramente no conceito da cebola. A palavra cebola, "*cepulla*", é de origem latina. O termo refere-se a uma planta de jardim pertencente ao grupo da família *Liliaceae*, caracterizada pelo desenvolvimento de uma lâmpada composta por camadas sucessivas e comestíveis. Normalmente, o conceito de "cebola planta", refere-se ao nome científico *Cepa allium*, embora haja vários tipos de cebolas que são utilizadas na cozinha. As células que formam a cebola bulbo, comestíveis, são ovais e unidas entre si por uma substância chamada péptica, que confere firmeza à estrutura. Quando a cebola é cortada e as células são rompidas, a combinação de aminoácidos e de certas enzimas gera sin-propanetial-S-óxido. Este elemento provoca irritação no nariz e nos olhos, por isso se diz que a cebola faz com que os seres humanos chorem. Já de cara esse conceito nos põe diante da semelhança com nossa estrutura social, em especial uma a se destacar: pessoas travestis e/ou transexuais negras (não necessariamente nessa ordem).

A palavra travesti também é de origem latina, tal qual a palavra cebola, e modifica sua significação quando aqui chega, da mesma forma. "Travestir", em sua origem, tem como conceito transformar ou transformar-se de maneira a adotar o vestuário, os hábitos sociais e comportamentos usuais do sexo oposto. Verbo transitivo. Mudar ou disfarçar alguma coisa.

Travesti, porém, muda no sentido gênero, ganhando essa conotação exclusivamente no Brasil. Em outros países essa palavra ganha outra forma e sentido. Ou seja: ambas as palavras e conceitos têm origem latina e tiveram seus significados modificados aqui no Brasil.

A cebola possui importância simbólica em algumas culturas pelo mundo[4]: Ramakrishna compara a estrutura folhada do bulbo, que não chega a nenhum núcleo, à estrutura do ego, no qual a experiência espiritual debulha camada por camada até a vacuidade. A partir daí nada mais constitui obstáculo ao espírito universal, à fusão com Brahma – divindade criadora do universo na cultura hindu.

Os latinos, segundo Plutarco, proibiam o uso da cebola porque acreditavam que ela crescia quando a Lua diminuía. Aqui vemos as crendices acerca do bulbo que se assemelham muito, a quantidade infinita de mitos e preconceitos a população de pessoas transgênero.

Os egípcios, por sua vez, se protegiam de certas doenças com hastes de cebola. Mas a controversa e rica cultura egípcia era repleta de crenças e mitos acerca da sexualidade de sua população, tal qual vemos hoje com pessoas trans e travestis. Aqui, ainda, talvez possamos inferir uma aglutinação de conceitos ou, melhor dizendo, uma "junção de almas", como na

---

[4] http://www.mundoeducacao.org.br

cultura indígenas. O conceito de pessoa trans/travesti para esse povo é de que "duas almas habitam esse corpo físico harmoniosamente sem, de maneira alguma, nenhuma característica se sobrepor a outra, somente se completar".

Quanto ao cheiro, os antigos acreditavam que o aroma da cebola provocava um sentimento de força vital. Já para muitas pessoas esse cheiro forte e característico causa repulsa, tal qual vemos no tratar da sociedade às pessoas trans. A cebola, segundo alguns, também possui virtudes afrodisíacas, atribuídas tanto por sua composição química quanto por suas "sugestões imaginativas". Essa crença, se comparada à vida de pessoas transexuais e travestis pretas é muito semelhante.

Relatos dão conta de um fenômeno curioso na população transexual: a hiper sexualização de corpos travestis/transexuais negres.

De um lado o mito da virilidade do homem negro e a falácia do tamanho do genital desse corpo, lido como masculino pela sociedade cis-normativa, reafirmando a tentativa de bestializar a população negra trans/cisgênera desde quando aqui chegaram, escravizada, em 1500, comparando sua força e genital a de animais, bestas com força infinita e genital descomunal. De outro lado, a erotização da mulher negra que tem em seu corpo um convite ao sexo fortuito, e na cor da sua pele a confirmação de seu apetite sexual voraz e interminável. Junta-se a isso sua capacidade de recuperar-se de toda e qualquer violência, seja física, sexual ou psicológica, atribuindo-a sempre a alcunha de "guerreira", romantizando suas agruras e dificuldades.

De tudo, percebo a possibilidade de comparar o bulbo da cebola à população transgênera. Todas as camadas, fenotípicas ou não, dessa pessoa/ser/população trazem em si as marcas de suas características como as camadas de uma cebola - e a cebola como pessoa em/com suas características. Que fique elucidado que não se criou aqui, e em nenhum outro âmbito, uma tentativa de minimizar essa ou aquela camada da pessoa/ser/sujeito cisgênera ou trans/travesti, mas uma tentativa lírico-poética de mostrar o quão forte são as palavras, leituras e conceitos - e o quanto esses conceitos, quando estudados mais profundamente, podem e devem nos trazer um mundo de descobertas.

A CEBOLA TRANSPRETA CAMADA POR CAMADA

As camadas dos seres humanos os definem somente quando todas são levadas em conta, não em ordem de importância, mas em relevância individual, e do meio em que vivem. Tal qual a cebola bulbo, que precisa de condições para germinar, a cebola gente também é influenciada pelos ambientes externos.

É aí precisamos atentar para um questionamento importante: que diferença real vemos nas relações com e para pessoas trans ou travestis se

Transradioativa

comparadas às demais pessoas? No caso específico das pessoas trans pretas e travestis pretas há, ainda, outras diferenças: pensando nas camadas, uma mulher trans parte da camada da etnia, seguida pelo gênero e assim sucessivamente vai agregando. Uma mulher trans preta possui duas camadas visíveis: a da etnia e a de gênero (feminino+ transgeneridade).

Sem medir a importância de uma ou da outra, ambas as camadas podem e trarão, certamente, uma série de impedimentos de ocupação de espaços públicos. Uma pessoa preta tem seu espaço limitado em muitas situações, isso quando esse espaço não é sumariamente negado. Quando pensamos em uma mulher trans preta, a camada que vemos inicialmente é a da negritude, seguida da transexualidade. Porém, é preciso estar ciente de que ambas serão tratadas e vistas de maneira distinta, em locais diferentes de ocupação e convívio. Uma mulher trans negra em meio à comunidade negra tem sua etnia confundida no todo, mas ainda assim continua a ser excluída, em muitos casos, por seu gênero. Uma mulher trans negra num ambiente repleto de transgeneridade será mais uma pessoa transexual, mas ainda assim poderá, muitas vezes, ser discriminada por sua etnia.

A sociedade, ou seja, o viver social comum, é quem vai determinar qual camada da cebola-gente vai ser apontada como desviante e, portanto, excludente. Porém, o ponto principal é: se a formação do indivíduo é a junção de todas as camadas, como explicar umas serem mais vistas e celebradas que as outras, ao passo em que tantas camadas são imediatamente rechaçadas? A resposta está no exterior, no meio em que essa cebola-pessoa se percebe, e não no interior, em suas camadas. O preconceito, o agir pelo impulso histérico de não conhecer e imediata e gratuitamente machucar, os velhos hábitos, o conservadorismo e a confusão que a culpa traz ao ser humano é um caminho de resposta. Sempre haverá uma tentativa de destacar ou apagar uma camada da cebola-gente, em detrimento de algo: moral, ética, padrões etc. Porém, não há como existir uma cebola oca, tampouco um ser humano oco, sem características próprias - quer sejam fenotípicas ou comportamentais. Cada camada da cebola, bulbo ou pessoa, é o que a forma e a torna única.

Assim como existem quase cinquenta tipos de cebolas no universo, existe ainda uma variedade maior, infinita, de pessoas com suas camadas fenotípicas, genotípicas, vivências, emoções e saberes que as tornam únicas. Excluir qualquer camada de vivência dessas pessoas, além de uma atitude violenta, trata ainda de ir contra algo que forja aquela vida humana. É retirar um pedaço que aos seus olhos pode ser demasiado ou estar sobrando, mas que em realidade faz muita falta a esta pessoa.

Para a cebola-gente o meio externo, ao contrário da cebola bulbo, não pode - ou não deveria - ser fator modificador ou extirpador de qualquer camada. Ele tem de ser fator agregador. Tal qual à cebola bulbo – que necessita de água sol, adubos e condições ideais –, a cebola-gente precisa encontrar nos meios externos condições de cuidar de cada uma de suas camadas. Sua germinação depende de meios externos para sobreviver, mas não para existir. Precisa buscar meios externos para viver, não para morrer.

AS CONFUSAS CAMADAS CONFUSAS

Em suma, as camadas de vivência de cada ser humano devem ser respeitadas e cuidadosamente tocadas a cada descoberta. Cada marca da existência de cada individuação é mais que sua história sozinha, mas a história de seu entorno, e, às vezes, descobrir a história do teu entorno te faz saber e entender muito mais de si que dos outros.

Entender que ninguém é sozinho e que as ações de um implicam nas consequências do todo é fundamental para o conviver social. A máxima de que o jardim do vizinho é mais verde que o meu, e, portanto, mais interessante, muitas vezes diz mais sobre você e sobre o tanto de tempo e energia que você perde contemplando o jardim alheio ao invés de regar o seu, do que propriamente sobre o que o vizinho faz para que ele seja mais verde.

A controvérsia sobre essas camadas diz mais sobre como você agiu consigo do que como essas pessoas agem para si. Se você passou a vida as odiando, as impedindo, renegando seus espaços, e isso de alguma maneira doentia deu margem para que você se sentisse melhor, a preocupação maior na vida das pessoas trans, em especial das pessoas trans pretas, é sempre recomeçar.

A transexualidade e a negritude, quando juntas num mesmo indivíduo, geram tantas controvérsias e repulsas a quem não consegue entender como uma população fadada ao escárnio e à morte consegue sobreviver a séculos de segregação, ódio e apagamento de sua história. Em especial, quando não entendem – ou não aceitam – como uma mulher trans negra consegue viver à linha da marginalidade ou, muitas vezes, da prostituição compulsória e, ainda assim, resistir a tudo.

É necessário ressaltar aqui a força daquelas que se reivindicam "travestis", ao invés de "transexuais", justamente por estarem cientes de sua força e capacidade de sobrevivência às intempéries da vida, negando para si a higienização que esse termo traz. A marginalidade do termo *travesti* trouxe, ao passar dos anos, a necessidade de uma performance de cisgeneridade que excluísse essa população tida como desviante. Para isso criou-se o termo *transexual*, que tem por objetivo colocar num outro lugar essa população, buscando higienizar a linguagem e a pessoas, já que mesmo depois de milhares de tentativa de extirpar essas cidadãs elas ainda continuavam existindo.

Transradioativa

Travestis e transexuais não vivem, elas resistem, e isso fica demarcado a cada dia em suas vidas.

A metáfora da cebola e suas camadas é pra que cada uma de nós nunca esqueça de sua própria história, suas próprias agruras, conquistas e dores. De tudo, o que fica é a lição: antes de qualquer coisa, tenhas orgulho de cada camada que te faz ser esse ser quem tu és. Desfaça-se de algumas quando necessário, mas nunca, jamais, as retire em detrimento de outra coisa ou outra pessoa. Você é o que é justamente por tudo que viveu, aprendeu e experimentou. Assim como não existe uma cebola oca, e sim formada por camadas, não há um ser humano oco, e sim formado por vivências, experiências, amores, desamores, anseios. Ainda que esse o mundo exterior diga que não você não pode existir, faça como pessoas trans e travestis: se não é possível viver, resista. Reexista. Refaça. Ressignifique. Germine. Lembre-se que o lugar que você está agora é onde, algum dia, em algum momento, você quis/sonhou estar.

Assim como a cebola começou semente e desenvolveu arduamente cada camada, você também demorou uma vida, literalmente, para ser cada uma dessas camadas. Orgulhe-se disso. Queira isso. Observe isso. Não esqueça nunca que seu entorno vai tentar te forjar, mas é pra isso que cebolas e pessoas têm suas cascas, para se defenderem do meio externo. Faça uso de sua casca sempre que puder, e, senão tem uma ainda, crie!

Você é mais forte que pensa. E se, ainda assim, nada disso der certo, não se desfaça de nada de bom teu. Replante-se, aguarde o tempo necessário, e renasça. Um grande avanço necessita de impulso, e impulsionar-se as vezes exige, e significa, retroceder. Seja cada camada sua, as entenda, as viva.

RITUAIS
VIRTUAIS

ACESSE O QR-CODE
E ASSISTA AO
VÍDEO-PERFORMANCE

Nunca tive medo do caos,
Sou o próprio caos
Construído, maquiado, perfumado,
Montado, desmontado, destruído
Eu, em mim eu, em mil
Mil de mim,
Mil por mim.
Estar comigo não me assusta,
Estar comigo te assusta.
Você é um pavão, com pavor
Uma pá em vão
Sem paz.

A arte me traz paz.

A arte me traz pão,

Ar, ter

O ar que eu tenho

O ar que eu te empresto,

O ar que eu te dou.

Sempre fui ilha isolada,

Isolada em espinhos que saem da tua boca,

O que muda agora que somos todos ilha?

Como você se sente agora, sendo eu?

Como você se sente agora sendo caos

Sem nada, e com tudo que você construiu aí?

Como você se sente com todas as muralhas

Que você construiu para te proteger?

Como você se sente agora, sendo e vendo

O lado de fora?

Eu sempre fui o lado de fora.

Eu sempre estive aqui.

E embora eu tente e quase consiga entrar aí,

Eu nunca farei parte disso,

Porque eu sou o caos

Eu sou quem não consegue ser outra coisa

Ou outra pessoa, a não ser o caos...

Como você se sente agora tendo tudo que quis a tua volta, na tua mão?

Como você se sente agora sendo tudo que quis ser,

Mas não pode mostrar a ninguém?

Como você se sente agora?

Como é ser o lado de fora?

Como é ser o lado dentro?

Como é ser?

Sempre estive aqui

E embora eu tente e quase consiga entrar aí

Nunca farei parte disso porque eu sou o caos,

Eu sou quem não consegue ser outra coisa

Eu sou quem não consegue ser outra pessoa

Me responda: quando você esteve junto a mim?

Me responda: quando você quis estar junto a mim

Você já quis ser como eu?

Você já quis ser eu?

Você consegue ser outra coisa ou outra pessoa?

Eu sou o ar, eu sou arte, da cabeça aos pés.

TRANS
radioativa

Uma publicação
MONOCÓ LITERATURA LGBTQ+
o selo da diversidade da
EDITORA AROLE CULTURAL

ACESSE O SITE
www.arolecultural.com.br